女性教師と生徒 淫花繚乱

羽後 旭

Akira Ugo

紅文庫

目次

装幀　遠藤智子

女性教師と生徒　淫花繚乱

第一章　ふたつのアンスリウム

1

暑かった夏はとうに終わり、教室内には心地よい秋の風がそよいでいた。

生徒たちがノートを取るかすかなシャープペンシルの音と、カツカツと黒板にチョークで文字を書く音のみが教室内に響いている。

「じゃあ、教科書をめくって。次のところは重要なところだから、しっかりと聞いてね」

パンパンとチョークの粉をはたき落とし、生物教師の大町一葉《おおまちかずは》が教室を見わたした。

一瞬だけ視線が合う。それだけで、八橋悠馬《やばせゆうま》の胸は急速に高まった。

「……っ」

別に悪いことなどはしていない。眠気などもないし、しっかりと授業は聞いていた。

だが、聞いていた話を脳内に留《とど》めておくだけの余裕などない。

悠馬の頭の中は、彼女への憧憬《しょうけい》でいっぱいだった。

(大町先生、本当にきれいだよな……)

艶《つや》やかな黒髪はアップにしてまとめている。ほっそりとした首すじは、陶器のように白くて美しい。

小さな顔は卵形で、二重まぶたの目は左右均等の大きさできれいなアーモンド形をしている。すらりと伸びた鼻すじに、潤んだ唇は厚くもなければ薄くもない。誰がどう見ても美人と評する顔立ちは、二十五歳の魅力に満ちている。

(化粧もしているのかしていないのかわからないほどだし、自然体できれいなんだよな)

草原に咲く一輪の花、と言うべきだろうか。気品が高く上品で、飾らない美しさがある。優しく指を添えて、じっくりと観察してみたくなる。

だが、そんなことが許されるはずがない。

(いくら僕が先生を好きだとしても……教師なんだ。触れることなんて許されるはずがないし、先生だってそんなことを望んでいない……）

花の咲く草原は頑丈な柵の向こうなのである。生徒が教師という絶対的な領域を侵せるわけがなかった。

結局、憧《あこが》れは憧れのままなのである。そして、決して手に入らないからこそ、心の中ではどこまでも求めてしまうのだ。

それは当然、男としての欲求へとつながってしまう。

（細身なのに、おっぱいが大きくて……ブラウスの張りなんかすごい……）

白衣越しでもわかる巨大な胸のふくらみは、あまりにも魅力的だ。それでいて、ウエストはしっかりと引きしまり、腰から臀部《でんぶ》にかけては円《まろ》やかな曲線を描いている。まさに男の理想を具現化したような体つきだ。

（もし、先生が服を脱いだら、いったいどんな身体が……）

一葉を性的な目で見る生徒は自分だけではない。男子の間では、彼女をネタにした猥談《わいだん》は定番のひとつと化している。女子ですら、その美貌《びぼう》と肉体は羨望《せんぼう》の対象になっているのだ。

（ああ、マズい……授業中だっていうのに、股間が……）

男好きのする身体は、未曾有《みぞう》の性欲を抱える男子高校生には酷である。童貞の悠馬にとっては、勃起どころか先走り汁までこぼしてしまうほどに凶悪だ。

(今日も帰ったら先生を妄想しながらオナニーしよう……そもそも、毎日のようにしちゃっているんだけど)

すっかり完全体となった肉棒を隠すようにもじもじする。

すると、一葉が目線をこちらにチラリと向けた。

(マズいっ。勃起してるとこ、バレてないよな)

一瞬、肝を冷やすも、彼女はなにごともなかったかのように視線をはずす。

(よかった。気づいてはいないようだ。でも……)

静かに胸を撫《な》で下ろしつつ、悠馬はひとつ引っかかるものを感じていた。

(最近、先生の表情に影があるというか、なんというか……)

明るく優しい表情はいつもの一葉である。だが、ここ最近になって、悲しそうというか苦しそうな表情を一瞬だけ見せることがあった。それが、悠馬の胸中を妙にざわめかせて仕方がない。

(先生、疲れているのかもな。教師って仕事は大変だっていうし。だったら、

僕が癒《いや》してあげられたら……ってのは、出すぎた思いか)

そもそも、悠馬の気のせいかもしれないのだ。いらぬお節介は彼女に対して申し訳ない。

(大町先生が恋人だったらなぁ……あの声で「悠馬」って呼んでくれたら、いったいどれだけ幸せになれるだろうか……)

気怠《けだる》い授業の中で、ひとりそんなことを考えた。

2

担任を務めるクラスでの授業が終わり、一葉は校舎端にある、あまり利用されないトイレに籠《こ》もっていた。

「んは……あ、あ……ふぅ、ん……」

換気扇のカラカラという音に混じって、自らのはしたない吐息とクチュクチュという卑猥な粘着音とが、個室の中に断続的に響いている。

(学校で……ほかの先生が来るかもしれないっていうのに、私ったら……)

自身の卑しさを自覚するも、指の動きは止まらない。

それどころか、さらに悦楽を求めたくなり、愛液のあふれでる蜜壺の中へと指を挿入してしまう。

「うぅん……！　あ、はぁ……あ、ぁ……」

声を押し殺そうとして身体をまるめるも、喜悦の震えで便座がガタガタと音を立てた。

熱く蕩《とろ》けた淫膜は、キュッと締めつけを強くして、ポタポタと愛液の雫《しずく》を垂らす。

（お願い……誰も来ないで。せめて一回だけイカせてぇ……）

利用頻度の低いトイレとはいえ、誰が来るとも限らないのだ。

長居はできぬ以上、早急に達しなければならない。

「う、くっ……はぁ、ぁ……！」

一葉は蜜壺の中を穿《ほじ》りつつ、硬くしこった陰核をも愛撫《あいぶ》する。

股間から脳天へと鋭い電流が走り抜け、たまらず短く叫びをあげてしまった。

マズいと思うも、沸騰した牝欲はもはや止まらない。絶頂を求めて両手は忙《せわ》しなく股間を弄《いじ》る。

（生徒のみんなは勉強しているのに……私を先生と認めてくれてるっていうのに……ごめんね。私、本当はいやらしいの。学校でオナニーしちゃう変態な女なの……っ）

心の中で懺悔《ざんげ》を叫びつつ、一葉はもうひとつの、決して許されぬ本心を沸騰させる。

（八橋くんが……八橋くんが私を見てくれるから……あんなに熱い目で見られたら、生徒だっていうのに、私……っ）

悠馬の想いはとっくの前に気づいていた。女である以上、自分に向けられる好意や興味には敏感だ。

（今までも自分に興味を持つ男子生徒はいたし、男子たちからいやらしいネタにされているのはわかっていた。彼だって、そんな生徒のひとりにすぎないはずだったのに……）

あくまで悠馬は受け持つ生徒のひとりでしかないのだ。いったい、何度、自分に言いきかせてきたことだろう。

だが、駄目なのだ。どういうわけか、彼には教師としての自制が利いてはくれず、女として昂《たかぶ》ってしまう。

そこには理屈やロジックなどは存在しない。男と女など、所詮《しょせん》はそんなものである。年齢差や立場の違いなどでごまかしきれるものではない。

(彼に見られてる、彼が私を考えてくれていると思うだけで、胸が熱くなって苦しくて……お腹《なか》の奥底だって……)

今、自分が自慰に耽《ふけ》っていることを悠馬が知ったらどう思うだろうか。妄想する相手が彼自身だと知ったら、喜んでくれるだろうか。

(首すじもお腹も脚も撫でてほしい。この無駄に大きなおっぱいを揉《も》みこんで、硬くとがった乳首を舐《な》め吸って、トロトロになっているアソコに何度も奥まで突き入れられて……っ)

今、感じている悦楽は、悠馬からのものだと考える。それだけで、愉悦は何倍にもなって一葉の身体を震わせた。

「あっ……く、ぅ……ん、んんっ。ふぅ……！」

全身の筋肉に強張《こわば》りが生じる。愛液を垂れ流す蜜壺は、指を愛《いと》しい少年のペニスと錯覚したかのように、きゅうきゅうと締めつけを強くした。

(あっ……ダメっ、イッちゃう……イク……ぅ！)

かろうじて残った理性で、力いっぱいに歯を食いしばる。

自然と身体は前屈《まえかが》みになり、股間を後ろに突き出す形になった。

「イクッ……う、うぅ……ん！」

脳内と視界とが激しく明滅したあとに破裂した。

勝手に身体が跳ねあがり、ギシギシと便座を軋《きし》ませる。

淫華は熱いとろみを絞りだし、かみしめた白い歯の隙間《すきま》からとろりと唾液が滴ってしまう。

「んあ……はぁ……あ、ぁ……」

快楽の頂点をたゆたったあとで、荒々しく呼吸を繰り返す。

余韻に浸る肉体は、不規則にビクビクと震えつづけていた。

(生徒とのセックスを妄想してイッちゃうなんて……私って、本当にどうしようもない女ね……)

思考を覆っていたピンクの靄《もや》が徐々に霧散し、代わりにこみあげてきたのは教師としての自己嫌悪だった。

幸い、トイレには誰も来ていない。一葉のふしだらさは依然、秘密のままである。

(でも、こんなことを繰り返していたら、いずれは学校中に、みんなに知れわたっちゃう……)

学校という聖域でのはしたないひとり遊びは、数えきれないくらい続けていた。今では、よからぬ日常と化してしまっている感すらある。

(もしバレたら……私はもう教師なんかやっていけない……)

子供の頃から志望していた職業なのだ。その念願が叶《かな》った幸福感は、今でもまったく消え失せていない。

ゆえに、自らの卑猥さは、まさに自殺行為とも言うべきものだ。

(でも……やめられない。私はもうおかしくなってしまっている……八橋くんを想うだけで、胸どころか身体がつらくて……)

結局、どれだけ高い志《こころざし》を持っていようと、女であることを否定できないのだ。

「うう……ダメ……また……くぅ、っ」

悠馬の笑顔を思い描いた瞬間に、胸の奥と股間の奥とが熱さを取り戻す。キュンと蜜壺が収縮し、忍びこませたままの指を、甘く媚《こ》びるように包んでしまう。

（これ以上は……いい加減、職員室に戻らないといけないのに……あっ、ああ……）

教師としての理性は、一度絶頂した肉体の前では脆《もろ》かった。

満足せぬ本能が再び指を動かしてしまう。

「はぁ、ぁ……ダメなのに……こんないやらしいこと……あ、ぁ……っ」

自分自身に抵抗するように首を振る。

しかし、淫裂はそんな呟《つぶや》きをあざ笑い、女蜜を垂らしながら卑猥な蜜鳴りを響かせた。

（八橋くんだって、私がこんなにもエッチな女だって思っていないはず……それに……）

悠馬にはもちろんのこと、決して他人には知られてはいけない事実が、一葉の良心に突き刺さる。

ギュッと目を閉じた表情は、淫悦を貪《むさぼ》る艶やかさと同時に、懺悔にも似た苦《く》悶《もん》を混ぜ合わせていた。

(教師としても、女としても、私は八橋くんを想ってはいけないの。私に、そんな資格なんてないのに……)

自覚している愚かさが、苦痛と切なさとを織り交ぜて襲ってくる。

しかし、それは淫悦へと転化して、さらに一葉を昂らせるだけだった。

「八橋くん、ごめんなさい……っ。私は……先生は……っ」

謝罪の言葉を呟きつつ、指の腹で己の敏感なポイントを刺激しつづける。

様々な感情が吹き荒れて、もはや自暴自棄となった一葉は、二度目の絶頂へと駆け上がるしかなかった。

第二章　都会の片隅のペンタス

1

休日、悠馬は繁華街をうろついていた。

すでに街には夜の帳《とばり》が落ちようとしている。

（この時間になっても人であふれかえっているな……）

自動販売機で買った缶ジュースを飲みながら、通りすぎていく人々を見る。

カップルや家族連れ、友人同士であろうグループなど、すべての人々は一様に幸せそうな顔に見えた。

「……羨《うらや》ましいな」

ポソリと、ため息まじりに呟いてしまう。

悠馬にとって彼らは、自分とは住む世界が違うように思えた。

（僕には、家族と言えるような人がいないから……）

悠馬は今、学校近くの安アパートにひとり暮らしの身だ。

この生活を始めたのは、高校に入学するのと同時なので、すでに一年半以上は経過している。

悠馬にとって、自分の精神を守るには、この生活を選ぶよりほかにはなかったのだ。

(あの家にいたら……僕は今頃、本当におかしくなっていただろうな……)

悠馬の母親は、小さい頃に他界している。それからしばらくは父親とふたりだけの、いわゆる父子家庭であった。

しかし、小学校の高学年になった頃、父親が再婚した。悠馬にとっては新しい母親ができたのだ。

亡くなった実母への憧憬を抱いていた悠馬は、多少の違和感を拭《ぬぐ》えなかった。

それでも、父親のことを考えれば、表だって反対するわけにもいかず、悠馬は彼女と本当の家族になろうと、子供ながらに努めて生活を始めたのだ。

最初の頃はそれでよかった。彼女も母親として努力していたし、一時的とはいえ世間一般の理想的な家族像が確かにあった。

（でも……やっぱりそれは、かりそめでしかなかったんだ……）

中学に上がってすぐのこと。父親と新しい母親との間に男の子が、悠馬にとっては異母兄弟が誕生した。それがすべてを狂わせた。

母親はあからさまに悠馬を邪険に扱うようになった。血のつながっている父親は、完全に彼女に味方して、悠馬に「兄として辛抱しろ」などと言う始末である。

そんな生活が続いたある日、悠馬の感情は限界を向かえてしまった。

継母の些細《ささい》な一言がきっかけとなり、悠馬は激昂した。その結果、彼女を思いきり平手打ちしてしまったのだ。

継母は悠馬と暮らすのは嫌だと言い、悠馬もまったく同じ思いだった。結局、父親の判断のすえ、悠馬が家を出ることになったのである。

思い出すだけで、ズキリと胸が痛んでしまう。

表情を歪《ゆが》めた悠馬は、飲みほした缶を思いきり握りつぶした。

（……僕はいったい、なにを考えているんだ。考えても仕方のない、無関心のことだと割りきったはずじゃないか……）

未練がましい自分に、思わず苛立《いらだ》った。

今の生活に不満などない。金は父親が高所得ゆえに、すべての費用を賄《まかな》ってくれている。家事などは自分でやらねばならないが、それ以外は本当に自由なのだ。普通の高校生と比べれば、圧倒的に恵まれているはずである。

(この生活は僕が望んだことなんだ。十分すぎるほど満足だ)

心の中で自分に言いきかせ、一度だけ首を頷《うなず》かせる。

よけいなことを考えるのは、きっと腹が減っているせいだろう。そうに決まっている。

周囲にはチェーン店はもちろん、個人経営の飲食店が所せましと連なっていた。漂ってくる香りは、食欲旺盛な少年をことさらに刺激する。

(ラーメン……丼もの……定食……ハンバーガーにパスタ……うーん、どれにしよう)

邪念を振り払うべく、あらゆる食べ物を想像する。

今日は和食よりも洋食の気分だ。

(パスタがいいかなぁ。ちょっとぶらついて、よさげなところにでも……)

ほぼ満杯の空き缶入れに潰《つぶ》した缶を押し込んで、悠馬は行き交う人々の流れに混じろうとした。

そのときだった。

「……八橋くん？」

思いがけない声で呼ばれて、身体がピタリと固まった。

「大町先生……」

ぎこちなく振り向いた先にいたのは一葉だった。

ふたりして驚いた表情を向けあってしまう。一葉はぱっちりとした大きな瞳を点にしていた。

（先生……やっぱりきれいだな。服装も上品だ……）

ナチュラルなメイクは学校のときと変わらなく、彼女の端正な顔立ちを十分に彩っている。

カジュアルなジャケットにロングのプリーツスカートは気品があり、まるでファッション誌のモデルのようだ。

「……びっくりした。まさかこんなところで会うなんてね」

一葉はそう言うと、ふふっと小さく笑いながら相好を崩す。シルクを思わせる黒髪が風になびき、あまりにも魅力的で仕方がない。

「ぼ、僕もです。先生、どうしてこんなところに？」

「私、この街に住んでるの。都心に用事があってね、その帰り道なんだ」

「そ、そうですか……」

そういえば、前に学校でこの周辺に住んでいると言っていた記憶がある。

彼女からすれば、悠馬がここにいるほうが不思議であろう。

「八橋くんは……もしかしてデートの途中とか？」

「ち、違いますっ。そんな相手、いませんよっ」

デート、という言葉に鋭く反応してしまう。

ほかの女性と街を歩くなど考えられない。悠馬が恋い焦がれているのは、目の前にいる一葉にほかならないのだ。

「そっか。八橋くんのことだから、女の子のひとりやふたりくらいいると思ってたんだけど。ふふっ」

「ひとりはともかく、ふたりいるのはマズいでしょ……」

会話の軽さは学校での一葉と変わらない。こんな調子が彼女の魅力のひとつであり、生徒たちから人気を集める理由でもあった。

「確かにね……うん、ふたりはマズいよね、いけないよね……」

ふいに一葉の表情が曇る。その落差に思わず胸が痛んでしまった。

（学校でも見せるあの表情だ……）

少し前から見せている、影を感じる悲しい微笑《ほほえ》みだった。

一葉の表情は、そのすべてが悠馬にとっては魅力的だが、この表情だけは別である。

（先生を悲しくさせているなにかがあるんだ……）

男としてなんとかしてあげたいと思うも、彼女にとって自分は多くの生徒のうちのひとりでしかない。出しゃばったところで迷惑をかけるだけだし、そもそも悠馬に問題を解決できる力などないであろう。自分の無力が悔しくて仕方がない。

「ん？　どうかした？」

一葉がキョトンとした顔で少しだけ首を傾《かし》げる。

先ほど浮かべていた表情などは微塵《みじん》もない。悠馬をときめかせる、いつもの一葉がいた。

「い、いえ……」

(一瞬で表情を変えちゃうんだから、女の人ってすごいよな……)

男には決してできない芸当だ。陽と陰、ふたつの一葉の表情が、悠馬をしっかりと捉えて放さない。

「で、八橋くんはどうしてここに……もう晩ごはんの時間でしょ」

「だからですよ。なにかご飯を食べてから帰ろうかと思いまして」

悠馬がそう言うと、一葉は一瞬だけ「ん？」という顔をしたあとで、すぐに納得した表情になる。

「そっか。八橋くんはひとり暮らしだもんね。高校生なのにひとりで全部やってるなんて偉いわ」

そう言って、柔和な微笑みを浮かべた。

「いや、そんなたいしたことじゃ……」

恥ずかしくなって顔を背けてしまう。お世辞だとしても、一葉からそう言われたことが素直に嬉《うれ》しかった。

「でも、掃除とか洗濯とか、家事もひととおりしてるんでしょ？　シャツだっていつもきれいにしているし。普通、男の人がひとり暮らししていたら、シャツなんてクリーニングに出さなきゃしわくちゃだよ」

一葉はなおも悠馬のことを褒めてくれる。

実際、ひとり暮らしを始めてからは、人一倍家事には気を使っていた。自分ひとりでもやっていけるのだ、ということを父親たちに見せつけたかったから、というのが大きな理由である。

(理由はどうあれ、大町先生に評価されるのはとても嬉しい。なんだか、身体がむず痒《がゆ》いな……)

「……ねぇ、八橋くん」

微笑んでいた一葉が、囁《ささや》くような小さい声で言う。向けられていた視線は、俯《うつむ》きぎみになっていて、なにかを考えている様子だ。

「……先生、なにでしょう？」

「……晩ごはん、まだなんだよね。私もね、まだ食べていないんだ」

そう言って、ふっと視線を戻してきた。大きな瞳が蠱惑《こわく》的に輝いている。

胸の鼓動が高鳴った。妙な緊張感に蝕《むしば》まれ、身体は半ば硬直してしまう。

(も、もしかして……一緒にご飯……とか？)

自分にとって都合のよい期待を抱かずにはいられない。

だが、投げかけられた言葉は、それをはるかに凌《しの》ぐ衝撃的なものだった。

「もし、よかったら……私がなにか作ってあげようか」

2

駅から十数分ほど歩いた所に、一葉の住むアパートはあった。

それほど築年数は経《た》っておらず、小綺麗な見た目が気に入っている。

(こんなこと、もし学校に知られたら、大問題になるわね……)

顔では平静を装ってはいるものの、一葉の心臓は不安と緊張とでうるさいくらいに脈を打ってしまう。

それは悠馬も同じ様子で、彼の場合は冷静さを失って、道中では周囲をキョロキョロと見わたして、すっかり落ち着きをなくしていた。

今だって、小さなローテーブルの前に座りつつ、ソワソワしながら萎縮《いしゅく》して
いるのだ。

（そんなところもかわいいって思っちゃう）

教師として許されぬ状況であることは理解している。

だが、今の一葉は教師である以前にひとりの女だった。気になる年下の男の
子に、なにかしらの施しをしたいと思ったのだ。

「もうちょっと待っててね。そろそろ茹《ゆ》であがるから」

目の前には、煮立ったお湯の中でパスタがクルクルと踊っていた。レンジの
中では、先日作り置きしたミートソースがパスタに乗せられるのを待っている。

「ごめんね。作ってあげるとか言ったくせに、こんなものしか用意できなくて」

「い、いえ！　僕、ちょうどパスタが食べたいと思ってたんです」

悠馬は焦りながら、そんなことを言ってくる。

本当はほかの食事を取りたかったのかもしれない。だとしたら、彼なりに気
遣ってくれているのだろう。そんな優しさが、素直に嬉しかった。

（教師という立場だけでなく、年代まで違うのに……私、やっぱり彼にときめいちゃってる……）

意識すれば意識するほどに、胸の高鳴りが増してしまう。

だが、一方で、いまだ純である悠馬に対して、罪悪感も強くなっていた。

（八橋くんが思い描いている私は、あくまで彼の中での私でしかない。本当の私は……）

彼と違って、一葉はすでに大人の女だ。それはすなわち、それだけ不純が堆積した女ということである。

悠馬のことを想えば、距離を取ってしかるべきだ。

だが、彼に一葉の愚かさは気づかないだろうし、決して知られたくはない。

「そ、その……先生にご飯を作ってもらえるってだけで、めちゃくちゃ嬉しいですから……」

しどろもどろでそんなことを言ってくる。視線を逸《そ》らして頬《ほお》を赤めるさまが、一葉の母性をあおった。

「ふふっ。八橋くんはお世辞がうまいのね」

（ああ……ダメ……そんなこと言われたら、自分が我慢できなくなる……）

倫理と本能とがせめぎ合う。動悸《どうき》はいっそう速さを増して、指先はかすかな震えを見せていた。

（落ち着くのよ、私……これは、ふだんひとりで頑張っている八橋くんを応援するためのものなんだから。それ以外の意味などないんだから……）

ひそかに深呼吸をすると、傍《かたわ》らに置いていたタイマーが鳴る。一葉にとっては助け舟だった。

「おまたせ。ソースをかけたら持っていくね」

食事をしたら落ち着くだろうか。そうあってほしくもあり、昂ったままでいてほしくもある。

複雑な気持ちを抱きつつ、一葉はパスタを皿へと盛った。


「ごちそうさまでした。その……とってもおいしかったです」

ふぅと息を吐いてから、悠馬は一葉に頭を下げた。

「お粗末さまでした。ごめんんね、こんなものしか用意できなくて」

「そんな……本当においしかったし、嬉しいですよ」

お世辞ではなく本心だ。きっと、ほかの料理もおいしいことであろう。

(大町先生のご飯を毎日のように食べられるとしたら、きっと四六時中舞いあがっちゃうだろうな)

一葉は謙遜《けんそん》しつつも、満足そうな笑みを浮かべている。すべての表情と仕草が魅力的な彼女だが、やはり笑顔がいちばん美しい。気を抜くと見惚《みと》れてしまいそうになる。

すると、一葉は微笑んだままで口を開いた。

「でも、八橋くんだって、あのくらいの自炊はしてるんでしょう?」

「いや、自炊と呼べるようなことはあんまり……ご飯は炊きますけど、レトルトだったりスーパーの惣菜《そうざい》だったりで……強いて言うなら、味つきの肉を買って焼くくらいですね」

日によっては外食もするし、面倒くさいと思えば、家にあるお菓子で空腹を紛らわしたりもしていた。

それを話すと、一葉の瞳が大きく見開かれる。

「そんなのダメよ。成長期なんだから、ちゃんとした食事を取らなきゃダメ。そもそも八橋くん、野菜とか栄養のことは考えてる？」

痛いところをつかれてしまった。気にしたほうがいいのだろうとは思いつつも、しっかり考えたことなどない。

答えに窮していると、一葉は呆《あき》れたように息を吐く。

「やっぱり……これからは意識的に野菜も食べてね。最悪、野菜ジュースでもいいから。あと、肉と炭水化物だけじゃなく、お魚とかも食べないと」

少しだけ眉《まゆ》をつりあげた一葉は、テーブル越しに身を乗り出してくる。

（うわっ。近い……近すぎる……っ）

卵形の小顔が間近に迫る。ツヤツヤの黒髪から甘い香りが漂ってきた。

そして、どうしても視線が向いてしまうのは、ブラウスの首もとから見え隠れする、深くて狭い谷間だ。

（すごい……本当に先生、おっぱいが大きい……）

峡谷を形成する双丘はたっぷりとしていて、まるみを帯びたさまは柔らかそうだ。真っ白な表皮に、思わずクラクラしてしまいそうになる。

（僕だって男なのに、こんな無防備な格好して……）

年齢差は彼女が圧倒的に上とはいえ、力は男子高校生である自分が勝るだろう。もし、自分が悪漢ならば、押し倒して押さえつけることなど造作もないはずである。

（あっ……ヤバい。股間に違和感が……っ）

憧れの女教師の肉体に、本能は素直に反応してしまう。

一度、彼女を性の対象として考えてしまった以上は止まらない。漂う芳香と真っ白な肌、ブラウスを張りつめさせるふたつの大きなふくらみに、肉棒はあっという間に剛直と化してしまった。

「ねぇ、ちゃんと聞いてる？　私はとっても大切なことを言ってるんだよ」

悠馬の焦りに気づいていないのか、一葉が厳しい視線を向ける。

「き、聞いてますっ。これから気をつけるようにしますから」

口ではそう言うものの、頭の中はそれどころではない。

心臓は先ほど以上に鼓動がうるさい。いつの間にか、呼吸まで荒々しくなってしまっていた。

（マズいぞ。このままじゃバレる……っ）

なんとかしなければ、と思ったが、よくよく考えると、このまま一葉の家にいつづける必要がないのだ。

あくまでも晩ごはんをご馳走《ちそう》してくれただけなのだから、食べ終わったのならさっさと帰ればよい。

「そっ、そろそろ帰りますね。あんまりいたら先生のお邪魔になっちゃうし」

とりあえずこの場を離れなければ。悠馬は慌てながら言うと、勢いよく立ちあがろうとした。

しかし、それは悪手だった。

「……っ」

一葉の顔が瞬時に驚きのものになる。

立ちあがった瞬間、悠馬も気づいた。

自分のふくらみきった股間は一葉の目線の高さだった。

（八橋くん、勃起してる……）

突然晒《さら》された少年の昂りに、一葉は目をまるくするしかなかった。

本来ならば凝視などしてはならないであろう。

しかし、一葉の視線は下腹部から離れない。それどころか、瞬《まばた》きすらも忘れてしまっていた。

(これって、私に欲情してくれてるってことよね……)

彼の自分への好意はわかっている。そこには性の対象としての憧れが含まれていることも理解していた。

純粋に嬉しいと思う。

(もし、ここで……このまま求められたとしたら……)

きっと、いや、確実に拒めない。

家に上げた時点で、教師としての理性など崩れかかっているのだ。言いよられたら、あっけないほどに崩れてしまうだろう。

「すっ、すみません。ああっ」

叫ぶように悠馬は言うと、身体を捻《ひね》って俯いた。

よほど恥ずかしいのであろう、頬どころか首すじまで真っ赤に染まり、瞼《まぶた》をギュッと閉じている。

（なにか声をかけてあげなきゃ。このままじゃトラウマになりかねない……）

反応から察するに、悠馬は童貞なのであろう。女を知らぬうちに傷を負っては大変だ。

「だ、大丈夫よっ。男の子だもの、そういうこともあるよねっ」

そう言ってあははと笑い飛ばしてやる。

しかし、一葉の心中はまったく穏やかではなかった。

（八橋くんが私に勃起してくれている……たぶん、いつもは私を思い出してひとりで……）

一葉の脳内に、卑猥なひとり遊びに耽る悠馬が浮かびあがる。

いきり立つ肉棒を扱《しご》いて、自分との淫らな行為を妄想する。いったい、自分とどのような行為をして、自分になにをされていることを妄想しているのか。

（私が喘《あえ》ぎ乱れて……イッちゃって……そして、中に出すことを考えてるのでしょうね）

そう思っただけで、下腹部が痺《しび》れてしまう。

続けてじわりと熱さがこみあげ、たまらず股間に力を入れた。

(濡れちゃってる……私ったら、なんてはしたないの……)

一度意識してしまえば、あとは濡れる一方だ。疼《うず》きはもはや止まらない。

(……妄想でオナニーだなんて……かわいそうじゃない……)

絶対的な禁忌が頭をもたげる。

現実にするなど決して許されない。自分はもちろん、悠馬の将来をも危険に晒すことになるのだ。

(でも……八橋くんが求めてくれるなら。残りもののご飯なんかじゃ、彼のふだんの頑張りに釣り合わない。八橋くんの孤独にはなんの足しにもならない)

担任として、悠馬がひとり暮らしをしている理由はなんとなくわかっている。彼はそのつらさを必死に隠して生活しているのだ。年端《としは》もいかない高校生には、あまりにも酷ではないか。

(私の身体が望みなら……叶えてあげてもいいはず……)

「ねぇ、八橋くん」

ゆっくりと囁くように言う。自分でもびっくりするほどに、その声色は艶やかだった。

「は、はい……」

悠馬はまだ俯いたままだった。返事は弱々しくて、かすかな震えも混じっている。

「正直に答えてね。毎日……私でいやらしいこと考えてるでしょ？」

悠馬の肩がピクリと跳ねた。明らかに図星という反応だ。

少しだけ間が開いたあと、彼は静かにコクリと頷いた。はぁと息を吐くさまは、意地を張ることを諦《あきら》めた合図である。

そんな彼の様子に、一葉の牝欲はさらに昂る。

もっと聞きたくて仕方がない。悠馬が自分をどれだけ欲しているのか、確認したくてたまらない。

「私とエッチすることを妄想してたんだ。背中やお尻を撫でまわしたり、おっぱい揉んだり吸ったり？」

再び悠馬が静かに頷く。同時に、隠せぬほどに肥大した股間のテントがビクンと脈を打っていた。

「それだけじゃないでしょう。私のアソコを見たあとで触ってから……入れるんでしょ、オチンチンを」

「あ、ああ……」

羞恥《しゅうち》の極みに達したのか、悠馬は呻《うめ》くように声を漏らした。

横顔は先ほど以上に赤みが強く、こめかみからは汗まで垂らしている。

(ちょっとイジメすぎちゃったかしら。私も意地が悪いわね……)

一葉はふふっと小さく笑いながら、ゆっくりと立ちあがる。

ショーツと恥肉がヌルっと擦《こす》れる感覚があった。唇からは熱と湿度の高い吐息が、途切れることなく漏れつづけている。

(八橋くん、ごめんね……八橋くん以上に、先生がもう耐えられない……)

一葉はゆっくりと悠馬の前へと移動する。

気配を察した悠馬がチラリと上目遣いで見ていた。眉をハの字にした表情はバツが悪そうだ。

(かわいい……なんでもしてあげたくなっちゃう)

ドクドクと心臓の脈動が全身に響いていた。一葉の目もとも熱さを纏《まと》っている。身体と心が少年のすべてを求めていた。

「八橋くん、ひとつ言っておくね……」

そう言って、一葉は彼の頰に指を添える。

ピクンと震えた悠馬が、不安そうな視線を向けてきた。

できるだけ優しい笑みを浮かべてやった。もっとも、笑みには淫靡さを隠せていない。

「女にね、エッチなことをするときは……」

指先をつつっと滑らせて、彼の顎《あご》を柔らかくつかむ。

少年の唇はかすかに開いていた。

女を知らぬそこへ、ゆっくりと自身を近づけ……そっと重ね合わせる。

「んっ……んんっ？」

突然の口づけに悠馬は驚きの呻きをあげた。目を見開いているのが雰囲気でわかる。

（まだ……こんなもんじゃないよ）

逃げないように身体へしっかりと腕を絡める。

グググッと唇を押しつけて、舌先で彼の中へと忍びこむ。

「せ、先生……んむっ」

「はぁ……ほら、八橋くんも舌出して……ゆっくり私に絡めてきて……」

一葉が優しく教えてやると、悠馬はぎこちなくも舌を動かしはじめる。

少年の舌は緊張に震えて固まっているが、滾《たぎ》るように熱かった。その熱が一葉の本能をじわじわと焦がしてくる。

「はぁ、ぁ……いい？　女とエッチなことするときはね、まずは優しくたっぷりとキスをすることから始めるの」

それだけを言うと、一葉は口づけを再開した。

今度は最初から舌を挿しこむ。自分から彼に巻きつき、唇で挟んで吸ってやる。

「んっ……んぐっ。んん……っ」

悠馬は口舌の戯れにされるがままの状態だ。ときおり、ビクンと震えるのがたまらない。

（ああ、気持ちいい……キスってこんなに満たされるものだったっけ……）

愛しい少年とのディープキスが、一葉の女としての芯《しん》を蕩けさせていく。舌の熱さと柔らかさ、彼の吐息と唾液と、すべてが一葉を狂わせていく。

「せ、先生……んんっ、苦しい……」

「ダメよ、やめちゃ。舌を絡めながら息継ぎして……」

悠馬が自分を求める以上に、一葉が彼を欲していた。教師と生徒という関係での、インモラルな口づけは、あまりにも甘美で一瞬たりとて離れたくない。

いったい、どれくらいの時間が経っただろうか。ようやく一葉は唇のつながりを解《ほど》いた。

互いに熱いため息をついていた。混ざりあった濃厚な唾液が糸を引き、名残《なごり》惜しむようにゆっくりと消えていく。

「ふふ……八橋くんのキス、とっても上手ね……女をその気にさせるには十分すぎるほどよ……」

身体が、特に股間の奥底が熱くて仕方がない。

悠馬は真っ赤な顔でぼんやりと自分を見つめている。

そんな彼を前にして、これ以上我慢などできなかった。

本能が理性を押し崩し、決定的な言葉を口にする。

「オナニーするときに考えてるようなこと、しちゃおうか……？」

潤んだ瞳が見開かれ、股間のふくらみがビクリと脈打つ。

（私なんかでいいのなら……今日だけでもたっぷりと女を体験させてあげる。八橋くんのために、私は今だけは仮面を脱ぎ捨てるからね……）

言い訳がましく心の中で呟いて、一葉はブラウスのボタンをはずしはじめた。

3

ありえないと思っていた現実を目《ま》のあたりにして、悠馬は指一本動かせなかった。

（妄想が現実に……あの大町先生と今、ここで……）

夢を見ているのではないかと思った。

しかし、甘い芳香と湿り気を帯びた熱い空気、そしてなにより、唇と口内に残った蕩けるような感覚は、紛れもなく現実だ。

その間にも一葉はボタンをひとつひとつはずしていく。

やがて、すべてをはずし終えると、淡いピンクのブラジャーがまろび出た。

(……す、すごい。真っ白で……たっぷりとしている……っ)

カップに包まれた乳房は、上部が柔らかそうに盛りあがり、深い渓谷を形成している。

ふわり、と漂ってくる香りが濃度を増している気がした。それだけで、勃起が大きく跳ねあがってしまう。

「八橋くんの想像どおりだといいんだけれど……」

蠱惑的な笑みを浮かべて一葉が呟く。

肌を舐めるようにブラウスが脱げおちた。続けて、彼女の手が背中へとまわっていく。

プツリと、なにかがはずれる小さな音がした。同時にたわわな乳肉がぽよんと揺れる。

ほんのりと顔を桜色にした一葉と視線が重なる。彼女はすぐに視線をはずすと、照り輝く肩から細ひもを滑り落とした。パサリと、ブラジャーが足下へと落下する。

現れた光景に、悠馬は息をするのも忘れてしまった。

(こ、これが……大町先生のおっぱい……っ)

さらけ出された双丘は、想像をはるかに超える美しさだった。

釣鐘《つりがね》形の乳房は左右できれいな対称を描いている。片手では包めないほどのボリュームは、いったい何カップなのだろう。

乳肌は白く円やかで、見るからに柔らかそうだった。ツンと突き出た乳首は小指の先ほどにふくれていて、そのまわりを五百円玉よりひとまわりほど大きい乳輪が真円にひろがっている。

「どう……想像と違った……かな?」

俯いていた一葉がチラリと瞳を向ける。長いまつげはかすかに揺れ、官能的に濡れていた。恥ずかしそうな表情は、まさに悩殺という言葉がぴったりだ。

「想像……以上です。先生のおっぱいが……こんなにもきれいだなんて……」

再開した呼吸は、先ほど以上に大きく、荒くなっていた。経験したことのない著しい興奮に、身体がガタガタと震えてしまう。

「ふふっ……嬉しい。ねぇ、八橋くんも脱いで……」

一葉はそう言うと、ゆっくりと悠馬へと手を伸ばす。

優しく艶やかな笑みを浮かべつつ、悠馬のシャツに手をかけた。ボタンを丁寧にはずしていき、シャツと下着を脱ぎとってしまう。

「はぁ、ぁ……これが八橋くんの身体なのね……」

裸になった上半身に、一葉がゆっくりと指先を滑らせる。

くすぐったさと、それを優に超える未経験の愉悦に、たまらず身体が震えてしまう。

それでも、彼女の指先は止まることなく、首すじや二の腕、腹部や脇腹、そして胸部を弄ってきた。

(うわぁ……なんだこれ。女の人に触られるのって、こんなにも気持ちいいのか……っ)

パンツの中で、勃起は狂ったように跳ねあがっていた。先走り汁が布地をぐっしょりと濡らしているのが自分でもわかる。

(この指でチンコを撫でられたら……それだけでイッちゃいそうだ……)

童貞とはいえ、できるだけ射精は我慢したい。悠馬は本能的に会陰にグッと力を込める。

むき出しの肌を一葉の熱い吐息が撫でてくる。

次の瞬間、胸部に柔らかく蕩けたものが密着してきた。たまらず、情けない喘ぎを漏らしてしまう。

「うあ、ぁっ……そ、そこは……くぅ」

一葉が乳首を唇で覆っていた。はしたないほどにふくれた突起に、トロトロの口内粘膜が絡みつく。

「ふふっ、男の子でも乳首感じちゃうでしょ。こんなこともオナニーで想像してたの？」

「い、いえ……こんなの、考えたことも……」

「そう。じゃあ、八橋くんに男の子の身体がエッチだってこと、たっぷりと教えてあげるね……」

チロチロと舌先で舐められては弾《はじ》かれる。かと思えば、今度は強弱を交えて吸引される。それらが不規則に繰り返されて、悠馬の官能は制御できぬほどに昂ってしまう。

（男が気持ちいいのは、チンコを弄るときだけだと思っていたのに……こんな気持ちいいの、たまらないよ……っ）

いつの間にか前屈みになっていた。真下には艶やかに髪を光らせる一葉の頭部がかすかに揺れている。

視線に気づいたのだろうか、彼女は鮮やかなピンク色の舌を伸ばしつつ、チラリと悠馬を見あげた。

端正な顔立ちは色情に染まっていた。その表情は、想像をはるかに凌駕《りょうが》する淫靡さだ。

「ここも……弄ってほしいよね……」

一葉の細指がそっとふくらみに触れてくる。

瞬間、全身が鋭く跳ねあがった。

（先生がチンコを撫でてる……っ。マズい……気持ちよすぎる……っ）

羽でなぞるようなかすかな愛撫だが、性感は凄《すさ》まじい。勃起の脈動はもはや止まらず、生地を突き破らんばかりに激しくノックしてしまう。

「こんなにビクビクさせて……八橋くんもエッチなんだから……」

すでに一葉の口調は酔ったかのように甘ったるいものになっていた。熱っぽい瞳がテントに注がれ、それだけで愉悦が何倍にもなって襲ってくる。

「先生……あ、あっ……」

あまりの悦楽と幸福とで脚が震えてしまう。たまらず、彼女の白い肩に手をかけて俯いた。

視線の先には豊かな乳房がふるふると揺れている。はちきれそうなほどに肥大した乳頭が、一葉の興奮を如実に物語っていた。

あまりにも煽情的《せんじょう》な光景に、脳内はピンクの靄に包まれ、もはやまともに思考することなど叶わない。

「ふふっ……かわいい……」

追い打ちをかける一葉の囁きが、悠馬の耳もとを刺激する。

そのまま彼女は再び唇を重ねて、甘い唾液を注いできた。官能にのまれた悠馬は、もう一葉にされるがままだ。

「ふふっ……もっとエッチなこと、してあげるからね……」

舌を絡めつつ一葉がそう呟いた刹那《せつな》、ベルトの留め具に手がかけられた。

「せ、先生っ。まさか……んぐっ」

驚きの声は彼女からの深いキスに塞がれる。

悠馬の戸惑いを無視しつつ、一葉は器用にベルトをはずし、さらにはファスナーを下ろしてしまう。

そして、すぐだった。

「うあ、あっ」

「すごいベトベト……それに熱くて……はぁ、ぁ……とっても硬い……」

パンツの中に手を入れた一葉が、肉棒をそっと包んできた。

しっとりとした細指の感覚は、あまりにも凶悪な甘美さだ。絡まった指を払う勢いで、勃起は何度も激しい脈動を繰り返す。

(先生が……チンコを直《じか》につかんでる。大町先生がこんなことをしてくれるなんて……っ)

もはや混乱は極限にまで達していた。

亀頭は痛いくらいにふくらんで、鈴口からは絶え間なくカウパー腺液《せんえき》を漏らしつづける。

それを潤滑油にして、彼女の手がゆっくりと上下に滑っていた。クチュクチュと卑猥な音が立ちのぼり、それに合わせて全身が痙攣《けいれん》したかのように戦慄《わなな》いてしまう。

「気持ちよさそうで、とってもエッチな顔してる……あ、ぁ……八橋くん、素敵よ……」

耳朶《みみたぶ》を撫でる一葉の吐息は、すっかり発情した女のものになっていた。

少年と女教師の呼吸と体温、体臭とが狭い室内に充満する。甘美で背徳的な空気に絡められ、もはや悠馬はどうすることもできない。まるで、蜜の中でもがく蟻《あり》のようだ。

「八橋くん、優しくて大人しいのに……ココはとっても男らしいのね。硬くて熱いだけじゃなく……太くてゴツゴツしてるんだもの……」

一葉の手筒が幾分締めつけを強くする。

それだけで「うぐっ」と情けない呻きが漏れてしまった。一葉の肩に重ねた両手に、ググっと力がこもってしまう。

「ああ……もうダメ……触ってるだけじゃ我慢できない……っ」

突然、一葉が滑るように膝立ちになり、パンツのゴムひもに両手をかけた。

「えっ、あのっ……ま、待ってくださいっ。汚いし、臭《にお》うからっ」

経験したことのない羞恥がこみあげる。風呂は昨日の夜に入ったきりだ。長く外出をしていたので、股間はそうとうに蒸れているはずである。

「ふふっ……そんなの気にしなくていいの」

一葉は色情に濡れた瞳で見あげてきた。グリスと唾液とで唇は濡れ輝き、妖《よう》艶《えん》に綻《ほころ》ばせている。

「教えてあげる……。エッチってのはね、きれいなものじゃないのよ。基本的には、下品で汚れたもの……だからこそ……男も女も囚《とら》われてしまうの」

パンツの前面がずり下ろされる。

拘束から解き放たれて、勃起が勢いよく飛び跳ねた。ヒリヒリとした官能の空気に触れて、歓喜するかのようにドクドクと脈動する。

「ああ、やっぱりすごい……こんなにたくましい姿をしてたのね……」

一葉の手が再び伸びる。今度は両手で勃起を包んだ。亀頭や肉茎を指先で撫で、手のひらでこねまわす。淫らな行為なのに、慈愛を感じさせる手つきだ。

(先生にチンコを扱かれるなんて、夢みたいだ……でも……)

童貞の悠馬には、意中の年上美女からの卑猥な行為は、あまりにも刺激が強い。

肉棒の脈動はますます激しくなり、限界まで肥大しているのに血液の集中が止まらない。

限界はすぐそこだった。

「あ、あのっ……僕、もう無理です……っ。このままだと……」

「ん？　出ちゃう？　じゃあ……」

一葉の双眸《そうぼう》が妖《あや》しく光る。整った唇から、ピンクの舌先がのぞいていた。

肉棒の根本を両手で持って、しっかりと正面に向けた彼女は、淫液に濡れた一物をうっとりと眺める。そして、小顔を近づけてくる。

「え？　ま、待って……うあ、ぁ！」

予想だにしない淫戯に叫び声をあげてしまった。

一葉が肉槍の先端へ唇を重ねてきたのだ。

「んっ……んふぅ……」

悩ましげな吐息を漏らして、一葉はゆっくりと肉棒をのみこんでいく。

未知の愉悦が悠馬を襲った。熱い口内粘膜への埋没に、勃起はもちろん意識まで溶けてしまいそうになる。

(や、ヤバい……ほんとに出る……このままだと口に出してしまう……っ)

汚れた肉棒を口淫してくれる一葉に、精液まで注ぐわけにはいかない。今一度、グッと歯を食いしばって射精をこらえる。

「んんっ……んふっ。んちゅ……んぷっ」

一葉が勃起を根元まで咥《くわ》えこむ。続けて、ゆっくりと抜き挿ししはじめた。

性器と化した粘膜がねっとりと絡みつく。肌理《きめ》のひとつひとつを丁寧に、名残惜しむように撫で、破滅的な愉悦をもたらしてくる。

さらには鈴口あたりを舌全体で舐められる。舌先で穿られて、ざらつく腹で擦られた。

「ああっ……ダメですっ……もう僕……っ」

所詮は童貞の悠馬に、女からの愉悦をやりすごせるはずがない。

もう限界だった。激流と化した白濁液が、肉棒を駆けあがろうとしている。

「んぐっ……んんっ、んぶっ」

腰を引こうとした瞬間、一葉ががっしりと腰をつかんできた。それだけでなく、唇と粘膜がしっかりと肉棒を挟んでくる。

(もうダメだっ。先生、ごめんなさい……っ)

こらえていた力は、瞬時に射精への力に変わった。

食いしばっていた歯を割って、悠馬はたまらず叫んでしまった。

「で、出るっ……あ、ああっ」

ドクンと、重い衝撃が股間で生まれる。瞬間、猛烈な勢いで白濁の牡液が一葉を目がけて噴出した。

「んん！　んあっ……はぁ、ぁっ」

あまりの勢いに驚いたのか、一葉は瞳を見開くと、肉棒を口から放してしまう。

解放された肉棒は、その滾りを一気に放出しつづける。

オナニーではありえない長い射精だった。

（せ、先生の顔に……ああ、なんてことだっ）

大量の精液をようやく出し終えてから、悠馬は眼下にひろがる光景に絶句した。

一葉の端正な小顔に、べっとりと白濁液が降りかかっている。

口のまわりはもちろんのこと、鼻すじや頬、目もとにまで精液が付着していた。見るからに濃いそれが、ゆっくりと曲面に沿って垂れおちている。

「ご、ごめんなさいっ。本当にすみませんっ。えっと、ティッシュは……っ」

射精の余韻に浸る間もなく、強烈な罪悪感がこみあげた。

精液など女性の顔にかけるものではない。ＡＶと現実が異なることくらいは理解しているのだ。

「んあ、ぁ……いっぱい出たね……ああ、とっても濃い匂いがする……」

だが、一葉は気にするどころか、まるで酔いしれたかのような口調で卑猥な言葉を口にする。

瑞々《みずみず》しい唇から舌が出て、口もとの精液をからめ捕る。それだけでなく、滴り落ちそうになる淫液を指ですくい取り、ねっとりと舐めしゃぶっていた。

（先生……僕の精液を飲んでる……）

信じられない光景だった。喉仏がゆっくりと上下に動いている。それが何度も繰り返され、そのたびに彼女の表情はより淫靡さを増していた。

「ああ、先っぽから垂れちゃう……」

鈴口で雫となっていた残りの精液までをも求めてきた。舌を伸ばして舐めたかと思えば、そのまま咥えられて、ジュルルと音を立てて吸われてしまう。

「うあ、ぁ……ま、待ってください……イッたばっかりだから……」

射精直後の肉棒には、甘やかな口淫も刺激が強い。ガタガタと脚が震えて、腰を引いた情けない姿を晒してしまう。

「なに言ってるの。まだまだこれからでしょ……？」

一葉はそう言うと、そっと悠馬を押し倒す。

背後にあった彼女のベッドに身体が沈んだ。ふわりと甘い香りが鼻孔を擽《くすぐ》り、落ち着いたはずの本能をかき乱してくる。

「ふふっ……また硬くなってきた。いいのよ、何回でも勃起して……」

禍々《まがまが》しさを取り戻した肉棒に、一葉が恍惚《こうこつ》のため息を吹きかけてくる。淫欲を宿した双眸で媚びるように見つめながら、彼女はじっくりと味わうように剛直を再びのみこんだ。

4

(はぁ、ぁ……もうダメ。私、止まれない……)

口内を圧迫する少年の本能に、一葉の牝欲はどこまでも昂っていた。

ペニスと精液からの濃厚な牡臭が体内に充満し、全身が随喜に震えてしまう。

(教えてあげる、なんて言っておきながら……結局、私がしたいだけ。八橋くんを求めたくて我慢できないだけじゃない……)

浅ましくてはしたないと自分でも思う。しかし、情欲に取り憑《つ》かれた一葉は、本心に忠実になることしかできなかった。

(このまま入れさせてあげる……八橋くんの初めてを私の身体で経験してほしいの……)

自分は教師で彼は受け持つ生徒である。セックスなどどんな理由であれ許される関係ではない。

だからこそ、欲しくてたまらなかった。甘美な禁忌は破滅的なまでに魅力が強い。

たっぷりと勃起を舐めしゃぶり、一葉はようやく顔を上げた。

(真っ赤な顔して喘いじゃって……そんな姿を見せられたら、ますます私、狂っちゃう……)

悠馬はほとんど全裸の状態で仰向《あおむ》けになっていた。若々しい肉体にはしっとりと汗が浮かんでいる。見ているだけで自らの股間が沸騰してくるのがよくわかった。

「そんなに息を荒らげちゃって……ああ、かわいい……」

両手で身体を弄りながら、ねっとりと腹や胸部を舐めていく。瑞々しい塩気がこのうえなく美味だった。

(ああ、乳首が擦れる……八橋くんの肌で感じられるなんて……)

豊乳が振り子となって、強弱を交えて悠馬と触れる。夢にまで見ていた彼からの愉悦、それが今、叶っているのだ。

「あ、ぁ……気持ちいいの……おっぱい、感じちゃう……」

（もっと八橋くんとくっつきたいの。口でもおっぱいでも……アソコでも、どこまでも深くつながりたい……っ）

　こみあげる悦楽に、欲望はどこまでも加速した。

　それに合わせて、乳房を擦りつける動きも徐々に大きさを増してくる。ベッドがギシギシと軋み、自らの淫声と合わさって室内にこだました。

「先生のおっぱい……ああ、僕も気持ちいいです……」

　悠馬は首だけを上げて、擦れる乳房をのぞきこむ。瞬きも忘れているのか、食い入るように見つめていた。

　そんな彼の右手を取って、乳肉へと引き寄せる。

「ねぇ、触って……もっとおっぱい感じさせてほしいの……たっぷり揉んで、乳首もいっぱい……あぁ！」

　言い終わるより先に、悠馬の手が蜜乳へと埋没する。柔らかな乳肌が歓喜して指を包んでしまう。

「はぁ、ぁ……めちゃくちゃ柔らかい……す、すごい……」

彼は声だけでなく、乳肉をつかむ指先までも震わせていた。揉みこむ手の動きはぎこちない。それでも、一葉の性感をあおるには十分な刺激だった。

(八橋くんにおっぱい揉まれてる……ああ、もっと揉んで、乳首もクリクリしてぇ……っ)

官能の波に乗って一葉はクネクネと身体を揺らした。

瞬間、硬くとがった乳頭を軽く指先で挟まれる。

「ひぃ、ん！　そ、そう……もっと、もっと弄って……はぁ、ぁんっ」

はしたない懇願が勝手に口から漏れてしまう。

淫欲に恋情が加われば、激しく燃える愛欲になる。一葉は身も心も燃えていた。立場や禁忌、秘密など、今は邪魔なだけだ。すべてを忘れて彼を求めてしまう。

(もうダメ……欲しいの……八橋くんのを身体の中に……)

ショーツの奥では秘唇が絶えず収縮していた。悠馬とつながりたいと叫んでいるのだ。その訴えに、一葉はもう耐えられない。

「八橋くん……いいよね、私とこれ以上のことしても……」

湿った吐息を繰り返しつつ、一葉はゆっくりと立ちあがる。

プリーツスカートに指をかけ、見せつける形で脱ぎ下ろす。ついてしまった汚れやシワすら愛おしく思えた。

淡いピンクのショーツを晒してしまうと、悠馬の視線は一カ所に集中していた。

（ああっ、なんて濡れ方しているの……本当にグショグショじゃない……）

股間の部分ははっきりと濃いピンクに変色している。それも、ふだんの発情ではありえないほどの面積だった。

（意識すれば意識するほどに疼いちゃう……はぁ、ぁ……ずっとあふれているのが自分でもわかる……）

姫割れは本能に合わせて激しく息づいていた。一葉も恥じらい以上に期待のほうが圧倒的だ。

「見せてあげるからね……本物のアソコを……」

官能で火照った吐息を漏らしつつ、一葉はゆっくりとショーツを脱ぐ。

クロッチ部分が離れた瞬間、クチュっと卑猥な水音が立った。たっぷりと淫液を含んだ薄布は、自らの重さで白い脚線を滑りおちる。

(アソコの毛までぐっしょりしてる……なんていやらしいの……)

恥丘を覆う黒い茂みは濡れに濡れ、まるでシロップをかけられたかのようだった。縦溝の周囲はもちろんのこと、両脚の付け根まで滑った感覚がひろがっている。

「すごい……ああ、本当にすごいです……」

悠馬が目を白黒とさせながら、うわ言のように呟いた。反り返りが弾むように激しく揺れている。ぽっかりと開いた鈴口からは、先走りの粘液が雫となって流れ落ちていた。

(そんなに期待してくれて嬉しい。待ってね、すぐにとってもいいこと、してあげるから……)

「八橋くん、見てぇ……これがね、私のアソコ……おまんこだよ。ああ、ほらぁ……」

悠馬の真上で膝立ちになり、クッと股間を突き出した。粘液にまみれた淫華の側部に指を添え、決して見せてはならないはずの内部まで晒してしまう。

（ああ、なんて破廉恥《はれんち》なの。こんなこと、今までしたことなかったのに……）

未知の興奮は一葉を淫女へと変身させる。恥や常識などは忘れ去り、ただただ純粋に愛しい少年を求めてしまう。

「あ、あ……はぁ、っ……」

悠馬の視線が膣膜を突き刺してくる。それだけで子宮が疼き、下半身が勝手に揺れた。トプリと愛液が湧《わ》きあがり、重い雫となって垂れおちる。

（もっと見て、イヤらしい私をじっくりと。八橋くんにどこまでも淫らに狂う私を焼きつけて……っ）

大人として、教師としての矜持《きょうじ》を投げ捨てて、一葉は痴女としてのふるまいに没頭した。

（おまんこ……あれが本物の。それも……大町先生のおまんこなんだ……っ）

悠馬の意識は、さらけ出された淫唇に奪われていた。

ぽってりと厚く茶色い花弁と、鮮やかなピンクを湛《たた》える内部との対比は、発狂しそうなほどに煽情的で美しい。

（上でふくらんでるのがクリトリス……ああ、完全にむき出しになってる……）

小豆《あずき》よりもひとまわりりほど小さい球体がふくれていた。ふだんは包皮を纏っているのだろうが、今は桃色の真珠となって見てくれとばかりに露出している。

「はぁ、ぁ……ごめんね……こんなの見せつけて……これでもね、八橋くんくらいの年の頃は、もうちょっときれいだったんだよ」

たどたどしい口調で一葉が言う。続けて「その頃に見せてあげたかったな」と呟いた。

それに悠馬は頭を振る。

「十分きれいです……というか、エロすぎです。僕は、今の先生のお、おまんこが好きです……」

本心からそう言うと、淫膜がきゅうっと窄《すぼ》まった。女蜜の雫が糸を引きながら滴り落ちて、悠馬の肌にひろがっていく。

むわりと漂う動物的な匂いは、盛る劣情《れつじょう》の前では何よりもの甘美なフレグランスだ。

「ああっ、八橋くん……っ」

感極まったように身体を震わせ、蕩けた瞳を向けてくる。

熱い呼吸を響かせながら、一葉が膝を折った。

いきり立つ肉棒に細指が添えられる。著しい反り返りが垂直近くにさせられた。

「私、もう止まれないからね……このまま、八橋くんの童貞もらっちゃうからね？」

「いいんです、僕は先生にもらってほしい。だって、好きだから……いつも想っていた大町先生とつながりたいんですっ」

「私も……私だって……あ、あああぅ！」

一葉の言葉は女の叫びに変わる。

ふくれあがった亀頭に熱い泥濘《ぬかるみ》が密着した。瞬間、悠馬の全身に法悦が荒波のごとく押し寄せる。

(な、なんだこれ……っ。女の人の、先生のおまんこってこんなに気持ちいいのか……っ)

想像をはるかに凌ぐ快楽に、たまらず呻きを漏らしてしまう。

その間にも、彼女はゆっくりと淫膜を落としてくる。ぷちゅぷちゅと愛蜜の弾ける音がして、膣襞が勃起へ濃密に絡みついた。

「あ、ああっ……大きいのぉ……中がひろがって……はぁ、ぁん！」

一葉は股間をググッと押しつけて、勃起のすべてを包みこんだ。

白い喉を仰《の》け反らせ、身体はピクピクと震えている。

（うう……ヤバい……っ。こんな気持ちいいの我慢できない……）

こみあげる愉悦は凄まじい。一度射精を経ているというのに、急速に吐精欲求がふくらんでしまう。

「は、ぁ……中でビクビクしてるのわかる……ああ、素敵ぃ……っ」

舌足らずな口調で一葉は呟くと、クイッと腰を揺らす。

「うあ……っ。ま、待ってください……今、動かれたら……ああっ」

悠馬の制止は一葉に届かない。媚膜と腰が徐々に動きを熱烈なものに変化させてくる。

「ダメなのぉ……っ。ああっ、気持ち良すぎて……。止まるなんて無理なのぉ……っ」

汗ばんだ白肌に艶やかな黒髪が貼《は》りついていた。豊かな乳房がぷるぷると揺れ、硬く実った乳頭が弾むさまは、息をのむほどに凄艶《せいえん》だ。

（ううっ……このままじゃ出ちゃう。先生に中出ししてしまう……っ）

勃起の奥底で、煮立った欲望が渦を巻く。先ほどの射精時と遜色《そんしょく》ないほどに肉柱は肥大している。

「はぁ、ぁ……八橋くんが……っ、オチンチンが震えてるっ。ああっ、いちばん奥がグリグリされて……あ、ああんっ」

一葉はだらしなく唇を開いて、卑猥なセリフを漏らしている。

腰の動きはますます苛烈《かれつ》さを増してくる。漏れ出る愛液が攪拌《かくはん》されて、グチュグチュとはしたない音色が響きわたった。白濁と化した粘液が結合攪攪部をぐっしょりと濡らしている。

あまりにも熱烈な媚肉の求めに、童貞の少年が耐えられるはずがない。

「うぅ……先生、もう僕……ああっ」

自然と腰が跳ねあがる。亀頭と膣奥とが強烈にぶつかり、破滅的な快楽が突き抜けた。

肉棒が唸《うな》りをあげて大きく震える。瞬間、勢いよく大量の精液が噴出した。

「ああぅ！　出てる……すごくビクビクして……あ、あぁっ」

おとがいを反らして白い身体がピクピクと震えていた。射精に戦慄く肉槍を、膣膜がキュッと締めてくる。

（これがセックス……こんなに……気持ちいいものなんだ……）

経験したことのない多幸感に意識が遠のく。教師と関係してしまった罪悪感や焦燥感など、完全に吹き飛んでいた。

「はぁ、ぁ……いっぱい出してくれたね……ふふ……」

はぁはぁと熱い吐息を響かせながら、一葉が上半身を倒してくる。汗ばんだ白肌は柔らかく、身体に吸いつくようで心地いい。

（本当にしたんだ……大町先生と……セックス……）

夢のような現実をかみしめつつ、悠馬はぼんやりとした意識の中で、一葉の裸体を抱きしめつづけた。

第三章　マリーゴールドが燃えた夕暮

1

「ど、どうしてですか……っ？」

強い西陽《にしび》が射《さ》す生物準備室で、悠馬は震えた声をあげていた。

目の前には一葉がいる。彼女はいつもどおりの凛々《りり》しい教師の姿だった。あの夜の淫らな姿と比べれば、同じ人物だとは思えない。

「どうしてって……言ったでしょう？　あれは……その日限りのものだって」

困った表情を浮かべて一葉は俯く。柔らかい黒髪が夕陽に輝き、まぶしいくらいに美しい。

「で、でも……先生だって言ったじゃないですか。僕のことが好きだって。僕、めちゃくちゃ嬉しかったんですよ。先生と恋人に、つき合えるんだって思ってたんですっ」

悠馬は必死だった。せっかくつかんだ幸せが、無慈悲にこぼれ落ちようとしている。襲ってくる絶望が嘘《うそ》であることを願いつづける。

しかし、現実は無情だった。

「それは……言葉の綾よ。そう言ったほうが八橋くんが喜んでくれると思ったから。ああいうときに、気分を下げることを言うわけないでしょ」

つまり、セックスのために嘘をついていたと言いたいのか。

あまりの言葉に、悠馬の頭は真っ白になる。

(先生が僕を騙《だま》していたっていうのか……そんなバカな……)

毎日彼女を想っていた以上、一葉がどんな女性であるかはわかっているつもりだった。

人を騙すような悪女であるはずがない。そもそも、嘘をつける人間にも思えない。

呆然《ぼうぜん》とする悠馬に、一葉は容赦なく言葉を続ける。

「そもそも、立場の違いを理解しなさい。私は教師で、あなたは生徒。教師と生徒が恋愛だなんて、普通に考えてありえないでしょ。それに……私はね、恋愛するなら年上がいいの。年下で、しかも自分の生徒が相手だなんて、ありえないわ」

チラリと双眸が向けられる。鋭い視線には拒絶と憐《あわ》れみ、侮蔑《ぶべつ》がこもっていた。

「そ、それじゃ……先生は、僕を誑《たぶら》かしていた……遊んだだけってことですかっ？」

「……そうよ。たまには火遊びもいいと思っただけ。それ以上でもそれ以下でもないわ」

決定的な一葉の態度に、悠馬は膝から崩れ落ちそうになる。

どちらも言葉を発しなかった。運動部のかけ声と、吹奏楽部の音色のみが重苦しい室内に響きわたる。

（そんな……先生が、そんな女だったなんて……）

フラれたこともショックだったが、それ以上に一葉という女の本性が信じられなかった。

あの優しさも慈しみもすべてが嘘で、遊びでセックスをする汚れた女だと言うのか……。

「……もういいでしょ。世の中、気まぐれでセックスすることなんてごまんとあるの。いちいちそんなことで本気になってたら、この先、生きるのがつらいだけよ」

追い打ちをかけるかのごとく、一葉は冷たく言い放つ。

彼女は大きくため息をついた。そして、蔑《さげす》んだような笑みを浮かべている。

「社会勉強になったわね。もう私につきまとっちゃダメよ。八橋くんは高校生らしく、そのへんの同じ年代の女の子とイチャイチャしてなさい……二度と私に恋愛感情とかいやらしい感情を向けないでっ」

吐き捨てるように一葉は言うと、悠馬の横を素通りして廊下へと出ていった。

ひとり残された悠馬は、立ちつくすしかない。恐ろしいほどの絶望感に身体も思考も固まっていた。

(先生に拒絶されたら……僕はどうやって生きていけばいいんだ……)

唯一の心の拠《よ》り所である一葉が消える。自分のすべてが終わってしまった感覚に、悠馬の肩は自然と震えていた。

横森円香《よこもりまどか》は物陰に隠れて息を殺していた。

小麦色の脚はカタカタと震えて、心臓は弾けそうなくらいに大きく脈を打っている。

(悠馬と大町先生が……う、嘘でしょ……っ)

一葉にわたさなければならないプリントの束を、たまらずギュッと抱きしめる。

あまりのショックにどうしていいのかわからなかった。

(悠馬が先生を好きなのは気づいていたけど……そんな……エッチまでしちゃってるなんて……)

ついには立っていられなくなり、その場に膝をついてしまった。脚の震えは全身に波及して、ボブカットで艶やかな黒い毛先が揺れている。

(私が……早く言わなかったから……だから、悠馬は先生と……)

円香は悠馬とは中学時代からの仲だった。文化系の悠馬と運動会系の自分という違いはあるも、当初から気が合ったために、円香は彼に親近感を抱いていた。

だが、それはいつしか友人関係などと言うには、あまりにも特別な感情に変わっていた。円香は悠馬を異性として好きになっていたのだ。

（私が勇気を出して告白していれば……悠馬が傷つくこともなかったかもしれないのに……っ）

自分の愚かしさが腹立たしかった。

悠馬の家庭環境は十分に理解している。かわいそうだと思った。なんとかしてあげたいと常に思っていた。彼にとって特別な存在として、支えてあげたかった。

にもかかわらず、どうしても「好き」のひとことを口から出すことができなかった。

そんな優柔不断さが、この結果を招いたのだろう。悠馬に対して申し訳ないと思う。

（でも……いちばん悪いのは大町先生じゃない。悠馬を……私の悠馬を弄《もてあそ》んだあげくに簡単に捨てるだなんて……っ）

嫉妬《しっと》と怒り、侮蔑が合わさって激情となる。

確かに一葉は魅力的だ。飛び抜けて美人であるし、自分と違って胸も大きければ肌も白い。悔しいが、自分など比べるべくもないだろう。悠馬が気を惹《ひ》かれるのも頷ける。

（それでも……もう大町先生から引き離さなきゃ。じゃないと、悠馬が本当に潰れちゃう……）

生物準備室のドアから、そっと中の様子を窺《うかが》った。

悠馬はこちらを背にしていまだに立ちつくしている。その姿に精気というものは感じない。

十七歳とはいえ、円香も女だ。きゅうっと胸を締めつける想いは、彼に対する母性だった。

（私がなんとかしてあげないと……）

悠馬はすでに一葉と身体を重ねている。ゆえに、世間一般的な口頭のみでの告白など、一葉に対抗するには弱いだろう。

（……もう、そうするしかないよね）

緊張に身体が震えた。胸の鼓動は加速して、痛いくらいに大きくなる。

今、悠馬に声をかけるのは憚《はばか》られた。あれだけの仕打ちを受けたのだ。ひとりでいたいはずである。

(悠馬、もう一日だけ待ってて。明日、私が……あなたを救ってあげるから)

ふぅと息を吐いてから、自分自身に頷いて、円香は静かにその場を去った。

2

翌日の放課後も、悠馬は生物準備室にいた。

室内には自分以外には誰もいない。ふだんはいるはずの一葉も、今日は外部研修とのことで不在だった。

(もっとも、研修がなかったとしても、先生は僕と顔を合わせてくれないだろうな……)

今朝のホームルームを思い出す。

彼女はいつもと変わらぬ楚々《そそ》とした佇《たたず》まいだったが、決して自分に視線を向けることはなかった。自分を完全に拒絶しているように思えて、悠馬はいたたまれなかった。

（僕もバカだったんだよな……先生の誘いにホイホイついていって……あのときに断るべきだったんだ……）

一葉の言うことはもっともだった。自分は生徒で彼女は教師。プライベートで交流を持つべき関係ではないのだ。

（でも……僕は先生を諦められない。あれだけきっぱりと拒否されたってのに……なんて女々しいんだ……）

頭ではもう諦めるべきだとわかっているのに、心は理解しようとしてくれない。自身の中での複雑かつアンバランスな状態に、悠馬は頭を抱えるしかなかった。

そんななか、突然誰かが扉を開いた。

（えっ……大町先生？）

研修が終わって帰ってきたのだろうか。気まずさが瞬時に緊張に変わり、悠馬は身体を強張らせる。

が、視線を向けた先にいたのは、まったく別の人物だった。

「やっほー。私だよー」

クラスメートの円香が、軽い調子で入ってくる。

一気に気が緩んでしまい、悠馬はあからさまなため息をついた。

「なんだよ。誰かと思ったら横森かよ」

「なんだとはなによ。ずいぶんと失礼じゃないの」

円香は唇をとがらせて不服そうなフリをする。この程度で気を悪くする人間でないことは、中学時代からのつき合いで十分に理解していた。

(今はあまり話したくないんだよな……)

今日は友人たちともロクに会話をしていなかった。いつもどおりに接する気分にはなれない。

「へぇ、ずいぶんと静かなんだね。考えごととかするにはちょうどよさそう」

円香はそう言って、キョロキョロと室内を見わたしていた。棚に飾っている標本やなにかのホルマリン漬けをなんの気なしに眺めている。

「いったい、なにしに来たんだ？」

とても円香の相手をする気にはなれない。悠馬は早く帰ってほしいというオーラを遠慮なく彼女にぶつけた。

「んん、なんとなくねぇ」

しかし、円香はどこ吹く風といった感じで、相変わらず飄々《ひょうひょう》としている。

悠馬はたまらず苦い顔をした。彼女の茶番につき合う余裕など少しもない。

だが、忌まわしく見た彼女の姿に、引っかかる点があった。

(なんでこいつ、熱くもないのに汗ばんでるんだ……?)

艶を放つ小麦色の肌が、うっすらと濡れている。

よくよく見ると、歩き方も少しぎこちなかった。こんな様子の円香など、一度として見たことがない。

いぶかしく思っていると、円香が自分の脇へとやってくる。

ふわりと、シトラスを思わせる爽《さわ》やかな香りが漂ってきた。

「邪魔だったかな。まぁ、そうだよね。邪魔しに来る目的で来たんだし」

ニコニコと笑みを絶やさず円香は言う。その容姿はまさに快活な美少女のそれだった。

実際、彼女の男子からの人気は高い。中学時代からちょくちょくと告白をされては、そのつどフリつづけていると噂《うわさ》で聞いたことがある。

悠馬は円香に恋愛感情は抱いていないが、それでも彼女の美しさ、かわいらしさにハッとすることは何度もあったのだ。

「邪魔しに来たって……いったいどういうことだよ」

多少の胸のざわめきを感じつつ、ぶっきらぼうに悠馬は言った。

「ふふっ……私ね……今日は悠馬と話をしたくて来たんだぁ」

彼女の口調に甘ったるさが含まれていた。

男の本能が痺れを起こす。わけがわからず、円香のほうへと顔を向けた。

(横森……なんだその表情は……っ)

悠馬は呆気《あっけ》に取られてしまう。ぽかんと口を開けてしまうしかない。

艶やかな小麦色の小顔に、ほんのりと朱色が混じっていた。大きな瞳はしっとりと濡れ、ぷるんとした唇からは甘い吐息が断続的に漏れている。

(まさか……でも、どうして……)

その独特の表情は、つい最近見たばかりだ。表情も醸し出される空気も、あの夜の一葉と同じではないか。

「あのね……私、見ちゃったんだ。昨日、ここで悠馬が大町先生と話してたところを……」

円香の言葉に心臓が跳ねあがった。妙な緊張に身体が蝕まれて、きゅうっと喉の奥が鳴ってしまう。

そんな様子に、彼女は「ふふっ」と小さく笑う。女だけができる妖しくて蠱惑的な微笑みだ。

「……したんだ、大町先生と……エッチ」

なにも言えなかった。なにも言えるはずがない。

結果はどうあれ、一葉と身体を重ねたことは絶対の秘密である。その約束は守らねばならない。

「ふふっ。なんて言えばいいのかわからないんでしょ。認めるわけにもいかない。けれど、聞かれた以上は騙すこともできない……八方塞がりって顔してる……」

目を見開いて絶句していると、円香が顔をのぞきこんでくる。

左右で均等が取れたかわいらしい顔立ちが間近に迫って、吐息が頬を撫でてきた。それは甘くて熱い、官能に満ちたものだった。

そっと頬に指先が添えられる。女の子らしくきれいに手入れが施された爪は、かすかな震えを繰り返していた。

「悠馬……ダメだよ。私たち生徒と先生との間で恋愛なんて……エッチなんてしちゃダメなんだから……」

指先は顎へと滑っていき、クッと顔を持ちあげられた。

蕩けた瞳で見下される。滲《にじ》んだ潤みには、女の情念が宿っていた。

「寂しいなら……誰かと一緒にいたいのなら……ここに私がいるじゃない」

「お、おい……」

鼓動がうるさいくらいに体内で鳴り響く。

拒否しなければ。フラれても想いを消せない一葉への罪悪感がこみあげる。

しかし、身体はまったく動かせなかった。

「……好き」

ポツリと円香が呟いた。

瞬間、彼女の唇が悠馬の唇に触れてくる。

しっとりとして、瑞々しさを湛える感触が吸いついてくる。

（な……っ、なにがどうなってるんだ……っ）

悠馬はただただ混乱し、目をパチパチと瞬かせる。

その間にも円香は唇をかすかに動かしたかと思えば、あろうことか舌先を挿しこんできた。

「ま、待て……んぶっ」

ようやく発した制止の言葉は、円香の深いキスに阻まれる。

両手で顔をつかんできた彼女は、ググッと唇を押しつけて、蕩けた軟体をねじこんできた。

「私が……代わりになるから。私のほうが悠馬のことわかってるんだもん……大町先生なんかより……私はずっと悠馬のことが好きだったんだから……っ」

舌を絡ませながら、堰《せき》を切ったように言葉を続ける。

柔舌の動きはぎこちなくて不慣れそのものだ。しかし、必死に動きまわってくる。嘘偽りのない純粋な想いが宿っていた。

だからこそやめてもらわねばならなかった。ほかの女を想いながら、円香の清純を汚すわけにはいかない。

「ス、ストップ……ダメだって、横森……っ。僕は大町先生が……っ」

「ストップじゃない、ダメじゃないっ。大町先生が、なんかじゃないっ。私が……どれだけ悠馬が好きだったのか、しっかりわかってもらうんだからぁっ」

舌足らずに叫びつつ、ぎゅうっと悠馬にしがみつく。

唇の隙間からふたりの唾液があふれでて、口まわりを濡らしてしまうも、円香は気に留めていない。むしろ、さらに汚してしまおうかというほどに、荒々しく舌を乱舞させてくる。

唾液は甘く、朝露を思わせるような清らかさだった。ブレザー越しでもわかるほどに熱い体温と柔らかい身体、そして醸し出される蒼《あお》い芳香が、悠馬の本能を強烈に刺激した。

(こんなの間違っているというのに……クソ、勃《た》ってしまう……っ)

円香との間では、分身が強烈な勃起を見せていた。ビクビクと震えるたびに、こびりついた理性を払い除《の》けてしまう。

「私が……悠馬の全部を受け止めてあげる。だから、悠馬には……私の全部をあげるね……」

ようやく唇を離した円香は、大きな呼吸を繰り返しながら呟いた。

悠馬と向かい合って膝に座る彼女は、かすかに身体を震わせながら、ゆっくりとブレザーを脱ぎとった。

悠馬は強烈な罪悪感を覚えつつも、ゴクリと生唾を飲みこんでしまう。勃起は理性をあざ笑うように跳ねていた。

3

悠馬から受ける視線に、円香は身も心も熱くさせた。

心臓は破裂せんばかりに大きく重く脈を打ち、緊張に震える吐息は徐々に甘さを増してしまう。

（本当にするんだ……こんな形で初めてをするなんて……）

自分で決めたことなのに、どこか他人事《ひとごと》のように思ってしまうのはなぜだろう。極限の恥ずかしさから、自分を守ろうとしているのかもしれない。

だが、恥ずかしさや緊張とともに、期待しているのも事実であった。それが円香の手を動かしつづける。

「私……こんなことするの初めてなんだからね……ずっと思ってたんだから……初めては絶対に悠馬とがいいって……」

ブレザーを机に置いて、白いブラウスのボタンをはずす。ひとつひとつはずれるごとに、自分が解放される感覚があった。

(ああ、私って……こんなにエッチだったんだ……)

すでに恐怖よりも期待や悦《よろこ》びのほうが勝っている。好きな男に身体を捧げることが、こんなにも甘美なことだとは思わなかった。

「ダ、ダメだって……横森……」

悠馬が再び制止を促す。

しかし、その声は力なく震えている。視線はしっかりと指先を捉えていた。

「好きなだけ見ていいからね……悠馬にだったら私の身体、どこでも見せてあげるから……」

すべてのボタンをはずし終え、滑るように腕を抜く。

続けて、キャミソールを脱いでしまうと、上半身はブラジャーだけになった。

(引かれたり、ガッカリされたりしてないよね……)

ささやかな刺繍《ししゅう》の入った白いブラジャーが、西陽に染まって映えていた。散々考えたすえに選んで身につけたものである。

「はぁ、ぁ……っ」

悠馬の息が熱さを増している。胸を包む薄布を、晒した小麦色の肌を見つめている。

(よかった……私の姿に興奮してくれている……)

ゾクゾクと身体の芯から悦びが染みわたる。かつてない満足感に円香は軽い酔いを感じはじめていた。

「私、肌がちょっと黒めだから……白いほうが好きだったらごめんね」

生まれつき肌は褐色《かっしょく》まじりで日焼けしやすい。夏などすぐに腕や脚などは黒くなってしまう。円香にとっては多少のコンプレックスだった。

そんな円香の不安要素を悠馬は首を振って否定した。

「気にすることないだろ……その……はっきり言って、すごくきれいだと思うよ……」

その言葉にはお世辞などの他意は感じられない。彼は本心からそう言ってくれているのだ。

「あぁ……嬉しい……」

勝手に口から言葉が漏れる。

（悠馬が私の身体を褒めてくれた……こんなに嬉しいことってない……）

身体の内側から指先までもが悦びに包まれる。

それは甘い火照りとなって、肌理の細かい肌をしっとりとさせていく。

「じゃあ……ここも気に入ってくれるかな……？」

乱れる一方の呼吸を響かせ、円香は背中に手をまわす。

乳房を包んだ純白の留め具をそっとはずした。

照り輝くなめらかな肌を細紐が滑りおち、パサリと音を立ててふたりの間に落下する。

瞬間、悠馬の目が大きく見開かれる。

「こ、こんなおっぱいだけど……どうかな……？」

ついに上半身のすべてを晒した。凄まじい羞恥にたまらず顔を背けてしまう。円香の乳房はBよりのCカップで、とても大きいなどとは言えない。それでも張りと形だけはしっかりと保たれている。一葉に対抗できるのはそれだけだ。

（ああ……見られてる。先っぽがジンジンしちゃう……）

乳首がふくらみきって甘く痺れる。素肌は敏感になって、空気や視線だけでも感じてしまっていた。

「ね、ねぇ……私のおっぱい、どう。変かな……やっぱり小さいのは……ああんっ」

ふいの刺激に短く叫びをあげてしまった。

悠馬が乳房に手を伸ばしてきたのだ。

「変なもんか。横森、おっぱいまできれいじゃないか。こんなに張ってるのに……ああ、なんて柔らかいんだっ」

余裕のない調子で悠馬が言った。左右それぞれのふくらみを両手で包んで揉んでいる。

「ああっ、嬉しい……嬉しいよ。もっと揉んで……もっと触ってぇ」

女の情感が火力を増して、恋する少年に媚びてしまう。

初めて触れられた乳肌は、悠馬との密着にじわりと焦げる。乳房と指とが吸いつきあう感覚は、未知の甘美さを生み出していた。

（私のおっぱいでも大町先生に対抗できるんだ……っ。ああ、好きなだけ揉んで。舐めたり吸ったりもしてほしいの……っ）

嫉妬が情欲を何乗にもする。

自然と吐息は媚びた淫声へと変化していた。悠馬にしがみつく腕が不規則に震えを繰り返す。

その腕を彼の首すじへと絡めると、円香は上体を反らしてクッと乳房を突き出した。悠馬の顔を引き寄せる。

「んぶっ……んんっ」

控えめな柔丘へ悠馬の唇を埋《うず》めてしまう。

瞬間、乳頭に弾けるような甘美が訪れた。

「あぁっ。んふ……んっ」

ふくれた乳首が温かくて柔らかいものに覆われる。かと思えば、すぐに吸引された軟体物に弾かれた。

「はぁ、ぁ……横森の乳首、めちゃくちゃ硬くなってる……っ」

乳首を舐めしゃぶる悠馬の鼻息は荒い。

一葉に教えられたのか、それとも男の本能なのか、彼の口舌愛撫は確実に円香に快楽を与えてくれる。

(おっぱい気持ちいい……自分でするのとまったく違う……っ)

円香とてセックスへの興味はもとからある。週に何度かは自らを慰めて、股間だけでなく、乳房や乳首も愛撫していた。

しかし、悠馬からの悦楽は、比べ物にならないくらいに深くて鋭い。本能をダイレクトに刺激してきて、嬌声《きょうせい》はおろか、身悶《みもだ》えすらも我慢できなかった。

(ああ、腰が動いちゃう……エッチな自分が我慢できないよぉ……っ)

気づくと、悠馬の膝の上で下半身がくねっていた。

スカートの奥ではじわじわと熱さが増してくる。自慰ではありえないほどにはっきりとした感覚だった。

(これじゃあ、アソコはきっと……ダメ、意識したらもっとすごいことになっ

ちゃう……っ）

自らの聖域を思い描くだけで、強烈な羞恥に気が遠くなりそうだ。

しかし、意識したのをきっかけに、股間は激しく疼きはじめた。自分の身体だというのに制御が利かない。未通の女洞が息苦しいまでにせつなく収縮しているのが自分でもわかる。

（私、めちゃくちゃエッチな女の子だったんだ。死んじゃうくらい恥ずかしいのに、もっと悠馬にいろいろしてほしいって思ってるっ）

身体の奥まで来てほしい。肌でも舌でも、性器でも悠馬と深くつながりたくて仕方がない。

「ああっ、悠馬ぁ……はっ、ああ……ぅっ」

自らの淫猥さが羞恥を乗り越えていく。愛欲にのまれた円香は、甘い期待に心身を酔わせつづけた。

悠馬は牡《おす》としての本能を煮え滾らせていた。

眼前の美少女の肉体を求めることをやめられない。

（本当はダメなのに……こんなことしてたら、大町先生にますます嫌われるかもしれないのに……っ）

そう頭ではわかっていても、身体は円香を求めてしまう。

キャラメル色をした乳肌は、その色どおりに甘さをはらんでいた。控えめな乳肉でも、包まれるような優しい柔らかさを与えてきてくれる。もぎたての木《き》苺《いちご》を思わせる乳首はあまりにも魅力的で、いつまでもしゃぶっていたい。

「あ、あああっ……ダメェ……気持ちいいよぉ……」

円香は真っ赤な顔を俯けている。瞳を閉じて眉をせつなそうに緩めるさまは、ふだんの彼女からは想像もできない淫らな姿だった。

（どうしよう……。自分を止められない。ますます横森を欲しくなってしまう……っ）

本能の昂りに戸惑いつつも、抗《あらが》うことはもはやできない。

乳首はもちろん、なだらかながらも美しい柔丘にまで舌を這《は》わせる。パッツと張った肌はなめらかで、悠馬の舌戯を悦びながら受け入れてくれる。

ウエストや二の腕、背中までをも撫でまわす。しっとりとしつつもすべすべの感触がたまらない。

そして、手のひらを滑らせるたびに、彼女は甘やかな声を響かせて、官能の悦びを訴えてくれていた。

「はぁ、ぁ……もっと触ってぇ……気持ちいいの……とっても私、幸せなのぉ……っ」

円香の訴えは徐々に直接的になっている。それは言葉だけでなく、身体も同じだった。

(こんなに腰振って……町先生と同じだ……)

あの夜の一葉も、卑猥に腰を揺らしていた。晒してくれた股間の光景を思い出してしまう。

(先生はめちゃくちゃ濡れていた。じゃあ、横森も……)

欲望が一段階上へと向かう。円香の秘唇がどうなっているのか、確認したくて仕方がない。

「横森、そこに座って……」

悠馬は彼女を抱きあげると、傍らの机に腰かけさせる。

はぁはぁと湿った吐息を漏らす円香は、濡れた瞳でこちらを見つめた。

「いいよ……そのつもりで誘ったんだし……」

緊張しているのだろう。恐怖も感じているに違いない。言葉は小さく震えていた。

それでも彼女はかわいらしい笑みを浮かべている。どこまでも健気《けなげ》な姿に魅了されつつも、かろうじて残った良心が痛い。

(僕は大町先生が好きなのに……円香の希望に応《こた》えてはいけないっていうのに……)

自分の目が血走っているのがわかった。ふだんは地味な自分が、獰猛《どうもう》な牡になり変わろうとしている。

「はぁ、ぁ……見て……私のエッチなところ……悠馬だからこそ、全部見てほしいの……」

西陽に照り輝く瑞々しい脚がゆっくりと開かれる。紺色のスカートを震える指でつまみあげた。

褐色じみた内ももの奥から、純白のショーツが姿を現す。その中心部には、くっきりと濃い染みが描かれている。

(濡れてる……ああ、しかも表面がヌルヌルになってるじゃないか)

縦長の楕円が妖しくも美しく輝いていた。クロッチの部分は裏地があるのにこれなのだ。おびただしい愛液をあふれさせているのは、想像に難くない。

(横森のおまんこ……み、見たい……っ)

生唾を飲みこんでしまう。あまりの興奮と期待に耳鳴りまでしはじめていた。一葉への罪悪感は凄まじいが、それを牡欲がじわじわと侵食する。

「待ってね……はぁ、ぁぁ……」

発情が色濃い円香は熱い吐息を漏らしつつ、ショーツのゴムひもに手をかける。もじもじと下半身を揺らしながら、薄布をずらしはじめた。

骨盤を布地が滑り、鼠径部《そけいぶ》を通りすぎる。クロッチがゆっくりと剝《は》がれていき、染みを描く所が離れた瞬間、クチュっと粘着質な音が響いた。

「あ、あっ……うぅ、ぅ……」

円香の手がピタリと止まる。長いまつげがぷるぷると揺れていた。

しかし、彼女はギュッと目をつぶると大きく息を吸い、一気にショーツを脱ぎ下ろす。

「うわ……っ。す、すごい……っ」

無意識に呟いていた。そのあとは呼吸も忘れるほどに絶句する。

(ビショビショだっ。おまけに……めちゃくちゃヒクヒクしてる……っ)

ふわりと盛りあがった恥丘で滲むように儚《はかな》く生える繊毛が、淫液にまみれて貼りついている。それだけでなく、脚の付け根や菊門のあたりまでもが濡れていた。まるでシロップをぶちまけたかのようである。

そして、なによりも目を引くのは女蜜に浸る可憐《かれん》な淫華だ。厚みも色も薄い小陰唇がぱっくりと開いて、鮮やかなピンクの媚肉を露出している。

淫膜は卑猥に収縮を繰り返し、クチュクチュと浅ましい音色を奏でていた。男を知らないはずなのに、早く来てほしいとばかりに熱烈な誘惑をしている。

「はぁ、ぁ……私の……お、おまんこ……見て。こんなおまんこでいいなら、好きなだけ見ていいんだよ。それだけじゃなくて……」

心配になるほどに呼吸を乱した円香が、悠馬の手をつかむ。震える腕でゆっくりと引き寄せられたのは、満開の淫華だった。

「触って……おっぱいと同じようにたっぷりと……入口もクリも、中までも……ひあ、あっ」

指先に熱いとろみが絡みつく。瞬間、円香の甲高い叫びが響いた。淫膜がことさら強く収縮し、ドプリと女蜜をあふれだす。

「トロトロだ……めちゃくちゃ熱くて……うわぁ……」

手首をつかんだ円香が、悠馬の指で愛撫を始める。ぷっくりした陰核を、割れた花弁を、ヒクつく媚膜を撫でさせられると、もはやなにも考えられなくなってしまう。

「あ、ああっ……気持ちいいの……っ。はぁ、ぁ……ん、あ、あっ」

官能の吐息を響かせながら、円香の腰はさらに揺れる。漏れ出る愛液は量を増し、ついには机の板上にまで滴っていた。

(先生、ごめんなさい……っ。先生が好きで好きでたまらないっていうのに……僕は目の前の横森に我慢できないです……っ)

悠馬がつかまれていた手を払う。

「あっ」と円香が声をあげた。それに構うことなく、自ら指を膣膜の中へと押しこんでいく。

「はぁ、あぁっ、　あ、　ああっ……中にぃ……はぅ、ん！」

円香は嬌声を響かせ、生まれたままの上半身を仰け反らす。全身が強張ってビクビクと細かく震えていた。

（ああ、なんて柔らかいんだ……指に絡みついてくる……っ）

挿入すると柔膜がすかさず包みこんできた。未通の膣洞は恐ろしいくらいに狭くてきつい。

「あ、ああっ……入れてぇ……私の中をいっぱい弄ってぇ……っ」

円香が腰をビクつかせながら、さらなる手淫を懇願する。自ら股間を押しつけて、指をゆっくりとのみこんでいく。

（ああっ、なんていやらしいんだ。たまらない……っ）

悠馬は卑猥な少女に意識のすべてを奪われた。

（私の中が弄られてる……ああ、ひろげられてるのがわかる……）

未知の感覚に円香の身体は敏感に反応した。

指は細いというのに、存在感は凄まじい。肌がざわめき、机の縁をつかむ手は爪を立てて震えてしまう。

（悠馬が見てる……私のおまんこを……。しっかりと見つめられちゃってる……っ）

強烈な羞恥と襲ってくる挿入感に、円香はもう余裕など微塵もない。無意識に牝《めす》として卑猥なふるまいをしてしまう。

「指、すごいぃ……こんなの……はぁ、ぁっ」

指の腹で膣膜をそっと弄られる。それだけで、身体の芯からたまらぬ愉悦が拡散した。マズいとは思うも、淫らな声を我慢できない。

「あぁんっ。そこ、ダメ……はぁ、ぁんっ」

「ここがいいのか。じゃあ……」

悠馬がクッと指先に力をこめて、柔膜を押しこんでくる。

瞬間、脳内にピンクの火花が弾け散る。身体全体が大きく跳ねあがった。

「はぁあんっ。あ、ああっ……気持ちいいっ。それ、すごいよぉ……！」

室内に甲高い叫びが響きわたった。下腹部の奥が火を噴くように熱くて仕方がない。

「お、おいっ、あんまり大きな声を出すなよ。誰かに気づかれたら、マズいだろっ」

悠馬の言うとおりだ。いくら校舎の端で人気のないエリアとはいえ、誰かが来ても不思議ではない。そもそも、学校でこんな淫戯など許されるはずがない。しかし、円香は忠告に耳を貸さなかった。もはや、冷静な思考や判断など不可能だ。

（バレちゃってもいい。私と悠馬がエッチしてるの知られたら、もう悠馬は私とつき合うしかなくなるはず。大町先生を諦めるはず……っ）

悪女めいた邪《よこしま》な発想は、すぐに淫欲に昇華する。

腰をますます振り乱し、さらに愉悦を貪った。媚膜は歓喜とせつなさに、絶えず蠕動《ぜんどう》しつづける。

（ああっ、ダメ……っ。自分でするのとまったく違う。こんなに感じちゃうなんて信じられない……っ）

男から施される秘事が、こんなにも凄まじい快楽だとは思わなかった。

小麦色の肌は汗に濡れ、熱さがどこまでも高まっていく。しなやかな筋肉がビクビクと不規則に震えていた。

（これ、イッちゃう……っ。ああっ、ダメっ、我慢できないっ。イかされちゃう……っ）

腰の跳ねあがりに硬さが生まれていた。膣膜がぎゅうっと締めつけを強くしているのが自分でもわかる。迫りくる悦楽の波は、想像以上の巨大さだった。

「はぁ、あっ、ダメ……ああっ、ダメなの、悠馬っ。このままじゃ……あ、あぅん！」

悠馬の指遣いが激しくなる。淫膜の特に敏感なポイントのみをこねまわし、グチグチと卑猥な音色を響かせられた。

「イクのか、イクんだなっ。我慢しないで……ほら、ほらっ」

空いた手で硬く実った牝芽を撫でられる。

鋭い喜悦が脳天を貫いた。快楽の許容量は限界だ。パンパンにふくれた風船に針を刺されたかのごとく、喜悦が猛烈に弾け飛ぶ。

「ひぃんっ。イ、クっ……イッちゃうっ。あ、ああっ、ひゃあああん！」

全身が硬直し目の前が真っ白になる。キャラメル色の肌は粟立《あわだ》って、腰はガタガタと跳ねあがった。

（な、なにこれ……っ。こんなの知らないっ、すごすぎるよ……っ。おまんこってこんなに感じられるんだ……っ）

男からの愉悦がこんなにも甘美で壮絶だとは思わなかった。恐ろしいまでに気持ちいい浮遊感はなかなか消え去ってはくれない。

（指でこれなら……アレを入れられたら……私、どうなっちゃうの……？）

絶頂に漂いながら、性交への期待が頭をもたげる。どこまでも卑猥になろうとしている自分が怖い。

しかし、セックスを意識するだけで胸はせつない疼きを生み、媚膜は波のようにうねりつづける。子宮のあたりがたまらないほどに甘く疼いた。

（入れてもらわなきゃ……私の処女、悠馬にあげないと。大町先生よりもいいって思ってもらわなきゃ……っ）

嫉妬からの焦りを胸に秘め、円香は熱い吐息を繰り返した。

4

悠馬は極度の興奮に囚われていた。

誰しもが美少女だと認める円香が、自らの手淫で絶頂したのだ。

(あの横森が……こんなにエッチな姿をするなんて……)

媚肉は今も指を食いしめている。それどころか、再び媚びるような蠕動を見せていた。収縮に合わせて、泡立った淫液がクチュクチュと音を立てている。

「ねぇ……悠馬……。キスして……」

とろんとした瞳の中で、西陽が鈍く輝いている。妖しい魔性の美しさに、悠馬は言われるままに応じてしまう。

「んあ、ぁ……はふぅ……んちゅ」

唇を重ねるとすぐに舌を忍ばせてくる。

たっぷりの唾液を絡めた朱舌は、先ほど以上の蕩けぶりだった。背徳と罪悪感の味は美味なことこのうえない。

（ダメだ……すっかり流されてしまっている。こんなこと、許されるわけがない……っ）

今すぐにでもやめなければ、と思う。

しかし、身体と本能は正反対の反応を示していた。股間は痛いくらいに突きあがり、ビクビクと脈動を繰り返している。

「んふっ……んぁ、ぁ……ねえ、悠馬……」

舌を絡めつつ、円香がそっと手を伸ばす。向かう先は股間だった。

マズいと思って腰を引くが、円香はもう一方の手でベルトをつかむ。

「んぐっ……ううっ」

テントの頂点にそっと指先が着地する。続けて、突っぱった生地を滑り降りた。ゾワゾワとたまらぬ愉悦がこみあげる。

「あは、ぁ……ガチガチだ……パンツの上からでも熱いのがわかるよ……」

ゆっくりと指が往復され、ついには手のひらで弄られる。

ドクドクと激しく勃起が脈動した。亀頭あたりに熱いぬめりを感じる。大量の先走り汁が漏れているのだろう。

「はぁ、ぁ……苦しそうだね。ふふっ……」

蠱惑的な笑みを浮かべた円香が、ベルトの留め具に手をかけた。慣れない手つきではあるが、必死になってはずそうとしてくる。

「いや、待てっ。これ以上はさすがに……っ」

「待たないって言ってるじゃん。それに……悠馬のココ、やる気満々になってるくせに……」

もはや円香は悠馬の知る彼女ではなくなっていた。淫欲に囚われた幼い牝の姿をしている。

カチャカチャとベルトを弄りつづけて、ついに留め具がはずされた。ズボンのホックとファスナーまでもがはずされて、円香がパンツごと無理やりずり下ろす。

「……すごぉい。こ、これが……」

濡れた瞳を見開き絶句していた。ぽかんと開いた口からは「あ、あ……」と、言葉にならない声まで漏れている。

勃起は限界まで膨張していた。いくつもの血管を浮かべて歪《いびつ》な円柱となっている。亀頭はパンパンに張りつめて、触られると弾けてしまうのでは、というほどだ。

「あ、あんまり見るなよ……きれいなものでもないんだし……うあっ」

言葉を遮ったのは円香の愛撫だった。彼女は震える指先で勃起に触れると、包むようにして擦過しはじめる。グチュグチュとカウパー腺液が攪拌されて、あっという間に勃起全体がドロドロになった。

「はぁ、ぁ……すごい……すごいよ……ああ、こんなに硬くて熱くて大きいんだね……こういう匂いをいやらしい匂いって言うんだ……」

熱とともにのぼりたつ牡の匂いに、円香は陶酔の表情を浮かべていた。勃起を撫でまわす手の動きは、より情感のこもったものになる。亀頭を手のひらでこねまわし、肉幹を扱き、陰嚢《いんのう》を転がすように揉みまわす。

「ううっ……よ、横森……どこでそんなことを……っ」

「ネットだよ……こうやって触ったら、男の人は喜ぶって書いてたの。半信半疑だったんだけど……ふふっ、本当なんだね」

白い歯をのぞかせてニヤリとする。かわいらしい小顔は、完全に性を渇望する女のものになっていた。ふだんの表情とのあまりのギャップが、悠馬の興奮をどこまでもあおりたてる。

(あぁっ……ダメだ……このまま弄られたら出てしまう……っ)

童貞を脱したばかりの悠馬には、あまりにも強烈な刺激だった。勃起は円香の手の中で激しく脈打ち、カクカクと腰まで揺れてしまう。

「悠馬、出そうなの？　私のシコシコ、そんなに気持ちいい？」

「あ、ああ……気持ちいいよ。だから……もうやめてくれ。このままだと横森に……っ」

彼女は跪《ひざまず》いて、目の前で勃起を見つめながら扱いている。射精したら、その顔や前髪に白濁液をかけてしまう。それはさすがに憚られた。

「そうだね……このまま出すのはダメだよ……」

円香の手が勃起を離れる。粘度を増したカウパー腺液が糸を引き、噎《む》せ返るような匂いを漂わせながらプツリと切れた。

(終わるのか……？)

残念な気はするが、一方では安堵《あんど》した。すでに言い訳できない状況ではあるが、これ以上の行為はさすがにマズい。

しかし、円香の表情は変わらない。むしろ、男を惑わす魔性めいたものが色濃くなっていた。ぞわり、と背中になにかが走る。

「ごめんね……本当はオチンチンを舐めてあげたいと思ってたんだけど……」

円香はそう言うと、粘液まみれの自らの手にそっと舌を這わせはじめた。ピンクの舌を露出して、見せつけるように舐めしゃぶる。

「はぁ、ぁ……これが悠馬の味なんだね。とっても好き……」

（な、なにしてるんだ……っ。いくらなんでもいやらしすぎるだろ……っ）

予想外の行動に呆然とする。円香にここまで卑猥な発想があるとは思わなかった。

だが、そんな淫女めいたふるまいに、肉棒は明けすけなまでに歓喜する。下腹部につきそうなほど強烈に反り返り、ぽっかり開いた尿道口からはトプトプと新しいカウパー腺液を垂れ流していた。

「ねぇ、悠馬……」

味わうように指をしゃぶりつつ、円香がそっと声をかけてきた。

色情に燃えた大きな瞳が悠馬を射貫《いぬ》く。罪悪感と期待感とが綯《な》い交ぜになって急速にこみあげた。

円香はゆっくりと立ちあがり、スカートの留め具をはずす。カフェオレ色の脚を舐めるように滑りおちた。ついに彼女は、ソックスと内履き以外は完全な裸となる。

（さっきよりも濡れてる……チンコを弄って濡らしてたのか……）

むっちりとした艶やかな内ももが、とろみの強い液体にまみれていた。

引きしまった肉体と小麦色の素肌、極端なまでに発情した表情に、悠馬は目《め》眩《まい》を起こしそうになる。

彼女は再び机に座ると、脚を左右に開いていく。クチュプチュと蜜鳴りが響き、満開の淫華が晒される。

「入れて……オチンチン、私に入れてよ。出すのなら……私の中に出してほしいの」

発情の吐息を交えた懇願に、悠馬の理性は完全に打ち砕かれた。

悠馬の目つきが変わったことに、円香は気づいた。それが牡の本能を滾らせたものであることは、女の直感としてすぐにわかる。

（悠馬とつながるんだ……私、ついに女になるんだ……）

破瓜《はか》の痛みはどれほどだろうか。血が流れたとしたら、悠馬が引いてしまわないだろうか。そんな不安が押し寄せる。

しかし、それ以上に期待感のほうが圧倒的だった。

悠馬に処女を捧げる。

中学時代から思い描いていたことが、現実のものになろうとしているのだ。

（大町先生なんか忘れてほしい。お願いだから、私だけを見てっ）

淫欲に濡れた瞳に哀願をこめながら、円香は近づく勃起に視線を向ける。

「いいんだな……もっとも、ここでやめてって言われても、もう無理だからな」

「いいよ……してほしいの……ああ、早く……お願い……」

クッと股間を突き出した。浅ましいと思うも、女としての本能が、勝手に身体を動かしている。

「横森……っ」

辛抱たまらぬといった感じで、悠馬が短く名前を呼んだ。

瞬間、熱い泥濘の中央に灼熱《しゃくねつ》の鋼が押しこまれる。

「んひぃっ……あ、あぐ……んんっ」

(ああっ……来てる……っ。オチンチンが……本当に入ってくる……ぅ！)

初めての光景と感覚に、脳内がスパークする。同時に、こらえきれない違和感と痛みにグググッと歯を食いしばる。

「あ、ああっ……裂けちゃう……っ。な、中が……はぁ、ぁっ」

まるで身体を引き裂かれるかのようだ。覚悟していたこととはいえ、こみあげる苦痛は想像をはるかに超える。

同時に円香を驚かせたのは、肉棒の埋没する感覚だった。下腹部は強烈な圧迫感に襲われている。こんな感覚が存在するなど、まったくもって想像していない。

(これがセックスなの……こんなに苦しくて痛くて……ああ、でも……でもぉ……)

圧倒的な幸福感が押し寄せていた。想像をはるかにうわまわる巨大さが、違和感や痛みを徐々に押し流しているように感じられた。

その間にも肉棒は掘削を続けてくる。そして、もっとものの難所である聖域の保護膜に押しつけられる。

「あ、ああ……うあ、ぁん！」

思った以上にあっさりと膜は突破された。一気に最奥部までもが満たされる。ここまで膣に深さがあるとは、自分でも知らない。

「うぐ……うぅ……は、ぁ……ぁっ」

あまりの衝撃と違和感とに、目を見開いて口をパクパクとさせてしまう。

そんな円香を悠馬が心配そうに顔を覗き込んできた。

「大丈夫か。痛かったら無理しないで……」

「イヤっ。無理する……せっかくひとつになれたんだもの。こ、このまま……このままでいたいの……ぉ」

悠馬が腰を引かぬように、彼の腰に脚を絡めて力いっぱいに拘束する。

反動で膣内もぎゅうっと締まった。圧迫が強くなって「うぐぅ」と苦悶を漏らしてしまうが、それは悠馬も同じだった。

「あ、あっ……そんなに締めないで……っ。うう……っ」

蜜壺の中で悠馬がビクビクと激しい脈動を繰り返していた。自分の媚肉へのあからさまな反応に、じわりと胸が熱くなる。

(私のおまんこで感じてくれてる……私なんかでも、悠馬のこと気持ちよくさせられてるんだ……っ)

自分の存在価値を見つけたような気がして嬉しかった。今までの人生で、こんなにも心が満たされたのは初めてだ。

だから、円香は腰を動かす。痛みは消えてはいないが、悠馬を求めて媚びることが、今の円香にとってはすべてである。

「あ、あぐっ……もっと感じてぇ……好きなように私のおまんこ……オチンチンでグチュグチュしてぇ」

痺れは全身に波及して、脳内をガンガンと揺さぶってくる。脚も腕もガクガクと戦慄きを繰り返しているが、そんな無意識の反応すら甘美だった。

「あ、あっ……横森……っ、う、ううっ」

悠馬は呻きを漏らしたかと思うと、ググッと肉棒を押しこんできた。亀頭と子宮口とが密着し、膣壁が歓喜するように収縮する。

「あ、ああっ……悠馬ぁ、もっと……もっと来てぇ……っ」

ゆっくりと勃起が前後され、グチュグチュと蜜鳴りが響きわたる。結合部に目を落とすと、赤黒い肉棒にはうっすらと赤いものが纏《まつ》わりついていた。

(本当に処女じゃなくなったんだ……ああ、こんなの幸せだよぉ……)

破瓜の事実が円香の女としての情欲を沸騰させる。愛しい少年が女にしてくれた事実に、途方もない幸福がこみあげる。

「ああ、我慢しないでっ。好きに動いて。私、もう悠馬の女なんだから……っ。私に……悠馬をいっぱい刻んでぇ……っ」

こんなに幸福なことを一葉にわたしたくはない。一葉に敵《かな》わないかもしれないが、一縷《いちる》の望みをかけて、円香は必死に悠馬へ媚びることに耽けっていた。

円香の必死の求めに、悠馬は息を切らして応えてしまう。

一葉を想いつつも、目の前の淫らな美少女に本能の滾りを抑えられない。

（ううっ……すごい締めつけだ。こんなの我慢するなんて無理だ……っ）

射精欲求はすぐそこまで迫っていた。膣内でビクつくたびに、カウパー腺液を撒《ま》き散らしてしまう。

「はぁ、ぁっ……ああっ……んあ、ぁ……っ」

腰を往復させるごとに、円香は甘ったるい吐息を響かせる。顔を真っ赤に染めながら、潤んだ瞳を向けてきた。せつなく眉を緩めつつも、どこか満足そうに微笑みを浮かべている。

「よ、横森……痛くないのか……」

「さっきよりは、マシ……ああっ……だんだんと……気持ちよくなってるかも……はぁ、あっ」

言葉が嘘ではないことを示すように、円香は股間をしゃくりあげる。亀頭と奥とが強く擦れて、脳髄に鋭く甘い痺れが走った。それを何度も繰り返してくる。

（や、ヤバい……このままだと出る。横森の中に出してしまう……っ）

いよいよ牡欲は切羽つまったものになっていた。下腹部で熱い衝動が激しい渦を巻いている。

「ああっ、マズいっ。イクから……っ。一回抜かせてくれ……っ」

悠馬は円香の腰をつかんで引き剝がそうとする。

しかし、あろうことか彼女は全力で抱きついてきた。パンパンに張った乳房が押しつけられて、硬い乳首で擦られる。

「ダメっ、抜かないでっ。出して、出してよっ。私のいちばん奥でイッてぇっ」

恥も外聞もなく、円香は必死で叫んでいる。まるでスパートをかける要領で腰の動きを一気に速めてきた。

（ううっ、もう限界だ……っ）

下半身全体に痺れるような衝動が沸き起こり、弾みで肉棒を思いきり突いてしまう。

瞬間、熱い滾りが爆発し、白濁のマグマが噴きあがった。

「あ、あぁっ。全部出してっ。全部ちょうだいっ。熱いのがすごいのっ、はぁぅ、ん！」

錯乱したかのように腰を振り乱して円香は懇願する。うねる膣膜が肉棒を圧迫し、白濁液のすべてを搾り取る。

（ああ……出してしまった……セックスどころか中出しまでしてしまうなんて……）

吐精の心地よさに浸りつつ、取り返しのつかない蛮行に青ざめる。いたった形はどうであれ、自身がしでかしたことは一葉への裏切りにほかならない。

にもかかわらず、勃起は授精行為に激しく歓喜を繰り返す。いたいけな少女の聖域を白濁に染めあげようと、大量の牡液を撒き散らしていた。

「はぁ、ぁ……本当にすごいよ……ふふっ……お腹の奥がとっても熱くて幸せ……これがセックスなんだね……」

ようやく射精が終わると、円香ははぁはぁと吐息を乱しながら呟いた。

褐色の肌には汗が浮かび、強い西陽にキラキラと輝いている。息をのむほどに凄艶で美しい光景だった。ほとんどの男が一瞬で心を奪われるだろう。

しかし、悠馬だけは別だった。

「……ごめん」

力ない口調でポソリと言って、狭洞からペニスをこぼし落とす。

ぽっかり開いたピンクの膣膜は、今もヒクヒクと収縮していた。遅れてドロリと白濁の粘液が漏れてくる。男と女の卑猥なアロマがのぼりたち、悠馬の罪を責めたてる。

（なんてことをしてしまったんだ、僕は……）

硬さを失ったペニスをだらりと下げつつ、悠馬は呆然と立ちつくす。濡れた表皮に室内の空気がやけに冷たく感じられた。

「ゆ、悠馬……」

円香の表情は蕩けたものからすがるような切実なものへと変化していた。いまだ整わぬ息のまま、悠馬のシャツをガシッとつかむ。

「もう諦めようよ……諦めてよ。大町先生は悠馬を幸せにできないよっ」

「横森……」

「なんで……なんで私じゃないのっ。なんで私を好きになってくれなかったのっ。私がどれだけ悠馬のこと考えて、どれだけ悠馬を好きだったか、なんで気づいてくれなかったの！」

円香は激情の赴くままに叫びつづける。瞳には怒りや嫉妬、悲しみが混ざっていた。たまらず顔を背けてしまう。

「私はただの高校生だし……たいして力にはなってあげられない。けれど……一緒にいることならできる。今みたいに、人肌が恋しくなったらいつでも受け止めてあげられるよ」

円香の声が震えはじめる。震えの幅は徐々に大きくなり、ついにはむき出しの肩までもが震えてしまう。

(横森の想いには気づいていた。僕は、それからずっと逃げていたんだ)

うすうす気づいていたことだった。中学の頃は気のせいかと思ったが、高校に上がるときには、確信に変わっていた。

しかし、遅かった。悠馬の心は、そのときにはすでに一葉へのものでいっぱいだったのだ。

「……ごめん」

そう呟くしかなかった。

長年の円香の想いをたった三文字で拒絶する。自分は、八橋悠馬という男はなんて非道でずるい男なのだろう。自分で自分を唾棄《だき》するしかない。

「…………」

円香はなにも言わずにじっと見つめる。

大きな瞳は先ほど以上に潤みを帯びていた。その潤みが、目尻のあたりで球となる。

きつく真一文字に結ばれた唇がかすかに震えを繰り返し、いよいよキャラメル色の身体にまで波及してしまう。

「……引っぱたくなら引っぱたいてくれ。それで、横森の気が少しでも紛れるなら、僕はそれでいい……」

いたたまれなくなった悠馬は、ズボンとパンツを穿《は》き直してポツリと言った。

（本当に僕って最低なヤツだな……）

自分のためにここまでしてくれた少女をフろうとしている。しかも、することはしたうえでだ。自らの恐ろしいまでの身勝手さに、悠馬は絶望した。

「……バカじゃないの」

しばらくの静寂のあと、静かに円香が呟いた。

彼女はもう自分を見ていない。顔を俯かせたまま、脱ぎ捨てた衣服をかき集め、無言のまま身につけていく。

衣擦《きぬず》れの音とともに、かすかに聞こえてくるのは、すすり泣きの声だった。

悠馬はたまらなくなり、両手を拳《こぶし》にしてギュッと握りしめる。

途方もないほどに重くて長い時間に感じられた。西陽の色は濃さを増し、室内を残酷なまでのオレンジの世界に変えている。

「…………」

制服を着終えた円香が、無言で生物準備室を出ていく気配がした。言いようのない焦燥感がこみあげるが、悠馬に彼女へ声をかける資格などありはしない。

「……ねぇ、悠馬」

静かに名前を呼ばれて視線を向ける。

円香が扉の前で立ち止まっていた。その後ろ姿には、ある種の決意めいたものが感じられる。俯くことなく、しっかりと前を見据えていた。

「……私、悠馬に処女をあげたこと、少しも後悔してないから」

宣言するかのようなはっきりとした口調だった。

円香はそれだけを言うと、こちらを振り向くことなく部屋を出ていく。ガタンと扉が閉められて、足音が徐々に遠のいていく。

(横森……本当にごめん……)

自分の情けなさと罪深さ、そして度し難い愚かさに、悠馬は膝をついてうなだれた。

第四章　汚れたキンセンカ

1

「うぅ……う……っ」

日付も変わる深夜、一葉はひとりベッドですすり泣いていた。

終電間際の電車の音がかすかに聞こえる。あとは、恐ろしいほどの静寂だった。

（八橋くん、ごめんなさい……私は……）

濡れた頰を枕にギュッと押しつける。震える細指でシーツをそっと撫でた。

あの夜、彼とこのベッドでつながったのだ。洗濯をしたので残り香などはないものの、そのときの光景は強烈に脳裏に焼きついて離れない。

（最低……どうしようもないバカ女なの、私は……）

欲に任せて身体を重ねた。あのときに感じた体温と吐息、こみあげた悦楽はあまりにも甘美で幸せだった。

(だから、逃げてしまった……教師と生徒なんて立場の違いを利用して、八橋くんを突き放してしまった……)

後戻りできなくなると思った。自分を抑えることができなくなりそうだった。学校だろうと授業中であろうと、彼を求めてしまいそうだった。

そんなことを彼に強いるわけにはいかない。

(八橋くんを本当に想うのなら、私は身を引かなければならない。そのためには……私は彼に幻滅されて、嫌われるのがいちばんいい……)

ずるいことはわかっている。理由を取り繕ったところで、悪女の所業であることに変わりはない。

この自問をいったい何度繰り返したことだろう。寝る前は決まって自責の念に囚われていた。そして、そのたびに涙を流す。

まったくもって愚かである。

そして、続けてこうも思うのだ。

(それでいいじゃない。もとから私は汚れた女。八橋くんに触れるのも想うのも……私なんかには許されない……）

　悠馬が知らない自分がいる。もし、知られたとしたならば、彼はきっと自分を心底軽蔑するであろう。

　嫌われるのならば、包み隠さず知られてしまえばいいと思う。

　しかし、それはできなかった。本心では悠馬を熱烈に求めているのだ。彼の中での自分は、表面上のきれいな女でいてほしい。

　あまりにも自分勝手な考えだった。この期《ご》に及んで、自らの体裁を気にしている自分に反吐《へど》が出る。

（私……いったいどうすればいいの……）

　手もとのシーツを力いっぱい握りしめる。自らの愚かしさと罪悪感、消えぬ少年への恋情との狭間《はざま》に揺れて、一葉は今夜も枕を濡らすしかなかった。

　もとから孤独な悠馬だが、ここ最近はやたらとそれが顕著だった。

　クラスはもちろん学校中の生徒がみな、悠馬をチラ見しながらヒソヒソと耳打ちしあっている。

「大町先生とただならぬ関係なんだってさ」

「嘘でしょ。どこに先生がなびく要素があるの」

「でも、大町先生と一線をこえてしまったとか」

「生徒と教師でそんなこと、絶対ありえないじゃん」

「火のないところに煙は立たない、っていうし……」

「まぁ、前からやたらと大町先生、気にかけてる雰囲気だったし」

「最近はそうでもなくない？」

「欲望にかまけて、そうとうひどいことをしたのかも」

「やだ、怖ぁい」

悠馬と一葉の一時の関係が学校中に伝わっている。噂の域は出ていないものの、噂ほど恐ろしいものはない。話には尾ひれがついて、あることないことが拡散していた。

（……別に好きに言っていればいい）

そう強がってはみるものの、気にならないと言えば嘘になる。いまだ少年の悠馬には、聞き流すだけの度量などない。自分はまだ子供なのだと自覚する。

（そう……大町先生みたいな、大人のやり方なんて自分には無理なんだ……）

一葉への想いは相変わらずで、日を追うごとに強くなる。同時に、円香への罪悪感も凄まじかった。

（あいつは強いな……翌日にはいつものとおりになっていた）

悠馬とは対極に、円香は快活な美少女としてふだんどおりに過ごしている。あの夕暮の中での光景は嘘だったのでは、と錯覚しかねないほどだ。

（……そう見えるように演じているのかもな）

女はみな、女優だという。本心を隠してあたりさわりのない態度を取るのは造作もないらしい。

（じゃあ、大町先生もなにかを隠しているのだろうか。あの唐突な態度の変化には、なにか理由があるのか……？）

そこまで考えたところで頭を振った。

裏になにかが隠れていようが、一葉が自分を拒絶していることに変わりはない。自分がどこまでも惨めになるだけだった。

「はぁ……」

今日、何度目かわからないため息をつく。

鬱屈した思いは晴れることなく、悠馬はすべてから逃げるように頭を抱えた。

2

夜の校舎でただひとつ、生徒指導室の明かりがついていた。

生徒指導室などと銘打っているが、実際には物置と化している。狭い室内にはパイプ椅子と折りたたみテーブルが設置され、それらを挟むように壁には錆《さ》びついたスチール製の棚が備えられ、なにが入っているのかわからぬダンボールが所狭しとつめこまれていた。

「……つまり、噂はあくまでも噂だってことでいいんだな？」

目の前で中年の男が腕を組んで問いかけてくる。中肉中背の身体をパイプ椅子の背もたれに預けて、ギシリと軋む音を響かせる。

相対する形で座っていた一葉は「はい」と小さく言って、視線を手前のテーブルへと落としていた。彼とはできるだけ目を合わせたくはない。

しかし、そんな一葉の態度が気に食わないのか、男は苛ついたように身体を揺すっている。

早く終わってほしい。さっさと帰らせてほしい。一刻も早く、この男と同じ空気から逃れたい。一葉の意識はその一点のみに集中していた。

「……わかった。では、教頭にはそのように報告しておく」

男はため息とともにそう言うと、身を乗り出して一葉を見据える。

嫌悪感がこみあげて、一葉は無意識に身体を震わせた。

「……あくまでも、教頭への報告としてはな」

男が下卑《げび》た笑みを浮かべているのがわかった。たまらず一葉は腕で自身の身体を抱きしめる。

「なぁ、大町先生……いや、一葉。教頭やほかの連中は騙せても、俺を騙せると思ったら大間違いだぞ」

恐ろしく低い声で男は言った
「……一葉って呼ばないでください。飯島《いいじま》先生にそんな呼び方をされる筋合はないです」

努めて毅然とした口調で一葉は言う。

しかし、その声は細かい震えまでは隠せていない。

それに気づいた飯島は「ははっ」と蔑むように小さく笑った。

「ずいぶんな言い方じゃないか。そんな態度を取って許されると思うのか？」

「……自分がしたことを棚に上げて、よくそんなことが言えますね」

怒りの炎が燃えさかり、一葉はキッと飯島を睨《にら》みつける。

だが、飯島は相変わらずの卑しい笑みを浮かべていて、少しもたじろぐ気配などなかった。

「別に棚に上げてるつもりはないさ」

飯島がさらに顔を近づける。一葉は不快感を隠さずに、眉間《みけん》に深いシワを刻んで身体を遠ざけた。

「正直に言え。八橋とヤッたのか？」

「…………」

「どうなんだ？」

「……違います」

顔を背けて一葉は言った。決して他人に知られてはならない。自分はともかく、彼を窮地に追いこむことだけは絶対にできないのだ。

「ふぅん……あくまでもしらを切るって魂胆か」

飯島はわざとらしくため息をつくと、ゆっくりと立ちあがる。

パタパタと内履き用のサンダルを響かせて、一葉の横までやってきた。拒絶の意味をこめて、反対側へと顔を背ける。

「おい」

蔑んだ声で飯島は言うと、突然一葉の顎をつかんできた。強引に顔を振り向かせてくる。

「やっ、やめてくださいっ」

たまらず一葉は怒気を交えて叫んだ。

だが、飯島は構うことなく力を強めると、さらには一葉のなだらかな肩までつかんでくる。労《いたわ》りなど微塵もない乱暴なものだった。

「そんな態度を取っていいと思っているのか。俺とお前の関係が終わったとでも思っているのか」

「とっくに終わっています。だって……結局、あなたは奥さんを取った。私のことを捨てたじゃないですか」

一葉には悠馬との一夜とともに絶対に隠さなければならない過去があった。飯島との不倫関係だ。

「奥さんと別れて、私と一緒になるって約束していたのに……つまりは私のことを弄んだと同じでしょう？」

一葉は怒りを滲ませた瞳で飯島を見る。膝に置いた両手が拳を作って震えていた。

「弄んだわけではないさ」

飯島はうっすら笑みを浮かべたまま、一葉の顔をのぞきこむ。

「俺は本気だった。少なくとも、お前を狂わせる程度にはな」

自信たっぷりな言い方だった。言葉の一文字一文字がやたらと癪《しゃく》に障ってくる。なぜこんな男と不貞を働いてしまったのか、一葉は強烈な自己嫌悪に襲われる。

「……それが弄んだと言うんです」

「はぁ、物わかりの悪い女だな」

飯島は一葉の顎を投げ捨てるように放すと、両手をポケットに突っこんで、一葉のまわりをウロウロとしはじめる。

「仕方がないだろ。嫁が妊娠したんだから。ガキを見捨てるほど、俺は腐った男じゃないんだよ」

「それで私はポイですか。その時点で十分腐ったひどい人です、先生は」

飯島の足音に苛立たしさが増していた。耳障りな騒音が一葉を理不尽に責めているように感じられて仕方がない。

「なぁ、一葉」

飯島の足音がピタリと止まる。

瞬間、一葉は頭をつかまれた。少しパサついた黒髪を思いきり握られて、強引に顔を上げられる。

「いやっ、やめてくださいっ。い、痛い……っ」

逃れようと一葉は暴れた。飯島の腕を両手でつかんで引き剝がそうとする。

だが、女の力で太刀打ちできるはずもない。結局、顔を苦痛に歪めて呻くことしかできなかった。

「同じことを何度も言わせるなよ。どの面下《つら》げてそんな態度取ってるんだ。ん？」

飯島の顔には軽薄かつ悪意に満ちた笑みが貼りついている。何度も見た表情だ。数カ月前まで自身を辱《はずかし》めるときに浮かべていたものである。

「ったく。あれだけたっぷりと教えてやったのに、もう忘れてしまったのか。仕方がないな、今一度、お前がどんな女なのか痛いほどわからせてやるよ」

飯島はそう言い放つと、一葉が座っていたパイプ椅子を蹴飛《けと》ばした。耳障りな音を立て、椅子が冷たい床に横向きに倒れる。同時に一葉は悲鳴とともに床へと尻を打った。

間髪をいれずに飯島が肩をつかんできて押し倒す。ハッとしたときには遅かった。

「いくら澄ました顔したところで、お前は淫乱な牝豚なんだよ。もうお前はまともな女なんかじゃねぇんだっ」

白いブラウスに手をかけられたと思った瞬間、力任せに開かれる。ブチブチとボタンが飛び散り、続けてキャミソールまでもが引きちぎられた。

「やめてくださいっ。もう私は違うんですっ。もう私はあなたなんかのっ」

「性奴隷じゃないってか。散々乱れに乱れて、嬉々《きき》としていたぶられていたくせに、いまさら否定なんか通用しないぞっ」

飯島は怒鳴ると、むき出しになったブラジャーに手をかける。淡いピンクのブラジャーは、悠馬に見せたものと同じだった。

(絶対にイヤっ)

あの夜の一時は、一葉にとっては汚してはならない尊い記憶だ。飯島などに汚されるのは我慢できない。

だが、現実は非情だった。飯島は巨大な乳肉に指を埋めつつ、強引にカップを押しずらす。

「いやぁ、ぁ！」

悲痛な叫びは虚《むな》しく夜の廊下に響くだけだった。

形のよい豊満な乳房がさらけ出されてしまう。

「ふふっ、相変わらずいやらしい乳だな。これだけの代物だ。さぞ八橋も喜んだんだろうな」

　下卑た笑いを漏らしつつ、飯島がギュッギュと乳房を揉みこむ。優しさや気遣いなどはいっさいない、己の欲望のみに忠実な手つきだった。

（いやぁ……気持ち悪いっ。本当にやめて……っ）

　一葉は悪寒で全身を震わせながら、なおもジタバタともがきつづけた。

　にもかかわらず、こねまわされる乳肉の芯がじわじわと熱さを増している。気づくと、柔丘の頂《いただき》は小指の先ほどの大きさに肥大していた。

（そ、そんな……っ。感じてるわけじゃない……おっぱいをむき出しにされて寒いから……だから乳首が大きくなっちゃっただけよ……っ）

　目の前の光景を必死に否定しようとする。

　しかし、それは身を貫く鋭い刺激によって叶わなかった。

「んあ、ぁ！」

　飯島が乳頭を摘まんできたのだ。彼は指の腹で乳芽を挟むと、潰さんばかりの強さで弄りはじめる。痛みと、それを凌駕する強烈な性感が一葉を襲う。

「ほほぉ、ずいぶんと硬くしてるじゃないか。感度も相変わらずだな。身体はしっかりと覚えているようで嬉しいよ」

飯島はそう言って、ますます乳首への刺激を強くする。乳芽だけでなく、その周囲の乳輪をもつまみあげ、グニグニと乱暴な愛撫を見舞ってきた。それを左右同時にされるのだからたまらない。

（か、感じちゃダメ……感じるなんてこと……）

一葉は歯を食いしばって、こみあげる愉悦じみた感覚を振り払おうとする。

だが、それを見越した飯島は、乳丘の麓《ふもと》を絞るようにつかむと、突き出た乳首を唇で覆ってしまう。強烈に吸引されて、一葉の身体は跳ねあがる。

「きゃは、ぁっ、や、やめっ……やめてぇ……！」

真っ白な乳肉を、中年の節くれだった指が歪ませている。卑しい光を宿した飯島の目が、しっかりと一葉を向いていた。

「いつもしていたことだろう？　お前は優しくされるよりも、激しくきつく犯されるほうが好きだったじゃないか。前みたいに素直に感じろよ」

荒々しく舐めしゃぶられていた乳首に、ことさら強い痛みがほとばしる。飯島が前歯でギュッとかんできたのだ。

「ひぃ、ぃいっ、ヤダっ、ヤダぁっ。お願いですっ、もうやめてぇ……！」

なんとか振り払おうともがいて、飯島の頭を両手でつかむ。

だが、こみあげる被虐の刺激はあまりにも鮮明で、ただしがみつくことにしかならなかった。

（な、なんで……なんで私、感じちゃうのっ。もう飯島先生なんて嫌いなだけなのにっ）

意識とは正反対の反応をしてしまう身体が憎い。その感覚は、紛れもなく卑しい淫悦にほかならなかった。

「おい、腰が動いてるぞ。まったく、口では生意気なことを言ったくせに、身体は欲しがっているじゃないか」

飯島に言われてハッとした。

恐ろしいものを見る目で自らの下半身に視線を向ける。

組み敷く飯島の下で、腰が媚びるようにくねっていた。

「あっ……あ、あぁ……っ」

「ふふっ、本当にどうしようもない淫乱だな、お前は」

さも楽しそうに飯島は言うと、再び乳突起を蹂躙《じゅうりん》する。遠慮のない暴力的な愛撫に、一葉は卑猥な叫び声をあげるしかない。

「んあ、ああっ、いやっ、だっ……あ、ああっ、もう吸わないでっ。おっぱいかまないでぇ！」

どれだけ拒絶を訴えようと、飯島は一葉から離れない。つい最近まで主《あるじ》として妄信していた男である。一葉の求めに耳を貸す人間ではないことくらいはわかっていた。

（学校でこんな……レイプされているっていうのに、私は……っ）

純真を踏みにじられる屈辱が、徐々に仄暗《ほのぐら》い牝悦へと変化していた。かまれる痛さは鮮烈な甘美に書きかえられて、それがいっそう腰の揺らぎを増幅させる。

「う、あぁ……っ。やめてぇ……もうやめてっ。じゃないと私……あ、あぁぁ！」

かまれた乳首を硬くとがった舌先で弾かれる。もう一方の乳頭には爪が突き刺さってこそがれた。

望まぬ赤い稲妻に一葉の身体は貫かれる。

「ほら、イケっ。乳首だけでイケっ。そのために開発してやったんだ。そらそらっ」

一葉の反応に気づいた飯島が、より激しく乳首を弄る。もぎ取られるのではと思えるほどの痛みが、一葉の牝悦を沸騰させる。

「あ、あああっ、あああっ、ダ、ダメっ、ダメなの……にぃ……うぁ、あああぁ！」

（イキたくないのに……っ。感じたくないのに……！）

心と身体のギャップが、卑猥な女としての本能を炸裂《さくれつ》させた。たわわな乳房を弾ませて、一葉は絶叫とともに背中を反らす。

「くふふっ。身体は完全に火がついたようだな。今からたっぷりとかわいがってやる」

硬直する首すじを舐めながら、飯島が恐ろしいことを口にした。

一葉は白く霞《かす》んだ意識の中で、震えながらそれを聞くしかなかった。

折りたたみテーブルが一葉の悶えに合わせて、耳障りな軋みをあげている。

乳房だけでの絶頂で脱力してしまった一葉は、テーブルに乗せられたあとで下半身を剝ぎ取られていた。大きく開かれた脚の間に、飯島が顔を埋めている。

「んあ、ぁ……お願い……ですから……もう、やめて……ああ、ぅ……」

ピチャピチャと恥辱をあおる水音が響いてくる。蜜口からは不快さと愉悦がせめぎ合いながらこみあげていた。

「ははっ、ここの味も変わらないな。若いくせしていやらしくて濃い味しやがって。おまけに、量まで多いんだからな」

飯島は蔑むように言うと、とがらせた唇で膣口をジュルルと啜《すす》りはじめる。

「やっ、イヤぁっ。そんな音、立てないで……あ、ああん！」

あまりの羞恥に声をあげると、陰核を指の腹で押しこまれた。そのままグリグリと潰されてしまう。

「ひぃ、んっ、それ、ダメ……強すぎて……あ、あぐぅ！」

乳首だけでとはいえ一度は絶頂してしまった以上、肉体は性感に素直だった。腰はビクビクと跳ねあがり、白い首を仰け反らせてしまう。ブリッジにも似たはしたない格好を晒していた。

「乱暴に弄られるのが好きなのがお前だろ。ほらほら、おまんこはヒクヒクと嬉しがってるぞ」

飯島の舌が収縮する媚肉をこそぐように舐める。入口はもちろんのこと、膣道の内部までもが貪られた。おぞましいと思うのに、身体は昂りを増す一方だ。

(恥ずかしい……っ。心ではイヤでイヤでたまらないのに、身体は……どうして……どうしてこんな……っ)

被虐の愉悦を刻まれた身体は、あまりにも脆くなっていた。理性や道義などは、快楽の前では歯が立たず、一葉は再び淫蕩《いんとう》な牝へと落ちかけている。

(私が悪いんだ……私がこんな男に簡単に騙されて、好き放題されるのを受け入れてしまったから……)

飯島は一葉と関係を持ったとき、妻と別れて一緒になると言っていた。ふだんは紳士的な立ちふるまいで生徒たちからも人気のある彼に、すっかり騙されてしまったのだ。あまりにも愚かな自分が腹立たしい。きっと飯島は「チョロい女」だと嘲笑《ちょうしょう》していたことだろう。

(チョロいというより、ただのバカ……もっと喜んでほしい、愛してほしいと思ったから……私は変態みたいな行為を求められるままに受け入れてしまって……）

一見優しい飯島には、隠していた裏の顔があった。女を本能の赴くままに弄んでは貪る、凌辱者の一面だ。

妻は知らないという本性を、一葉は受け入れた。というより、自ら求めた。特別な女になりたかった。ふたりで一緒ならば、獣になり下がっても構わないと思えたのだ。

（それは結局、私がただの淫らで汚らわしい女に成り果てるだけだった……）

飯島と妻との間に子供ができたと同時に、関係は終わりだと一方的に告げられた。関係に純粋さを見出していたのは、一葉の勘違いだったのだ。そもそも、不貞から始まった関係が、純粋であるはずなんてない。

（八橋くん、ごめんね……私は汚れた女。純粋なあなたに近づくことなんて許される人間じゃないの……）

「おい、なにを考えてるんだ？」

ひとり罪と後悔とに苛《さいな》まれていると、飯島が高圧的に言ってきた。ありったけの憎しみをこめた目で見返すが、襲ってくる淫悦の中では、それすら満足に演じられない。

「セックスに集中しろよ。まともな大人の女だとか勘違いするんじゃないぞ。お前はセックスすることにしか生きがいを見出《みいだ》せない、変態のバカ女だろうがっ」

愛液まみれの口もとを拭うと、飯島の指が秘唇に触れる。キュンと蜜口が窄まった。拒絶しているからではない。さらなる愉悦を期待して勝手に蜜壺がときめいていた。

「ふははっ、早く入れてほしいって反応だな。かわいそうだから……一気に弄ってやるよっ」

肉ビラを弄っていた指先が、勢いよく膣内に挿しこまれた。ブチュンと、淫液と媚肉が弾きあう。

「くは、ぁ！」

ひきつけを起こしたように一葉の身体が跳ねあがる。視界が一瞬でフラッシュし、強烈なピンクの火花が脳内で激しく舞う。

「おお、もしかしてイッてしまったか。まったく、どこまでも淫乱な女だな」

飯島はそうあざ笑うと、ビクビクと震える媚肉にグッと指の腹を押しつけてくる。

「ま、待って……い、今は……あ、あああっ」

達したばかりの女芯に強烈な悦楽が駆けあがる。腰が勝手にガクガクと触れてしまい、テーブルが壊れそうなほどに軋みを響かせた。

（イヤぁっ。もうイキたくないっ。もうやめてぇ！）

心の中で絶叫するも、それを見透かしているのか飯島の指遣いはますますしつこくなった。

膣内の特に敏感なポイントを圧迫されて、同時に陰核をも刺激される。あまりの愉悦に目を見開いて、大きく開けた唇からは舌も涎《よだれ》もこぼしてしまう。

「ひ、ぃいいっ。ダメっ、ダメぇっ。イカせないでっ、イキたくないぃ！」

「じゃあ、やめてやろうか」

頭を振り乱して叫んだ刹那、飯島の指が股間から離れた。

凄まじい二点愛撫の余波のせいで、腰も媚肉も動いてしまう。激しい呼吸に合わせて、汗に濡れた巨大な白丘はブルブルと震えていた。

「あ、あぁっ……んあ、ぁ……はぅ、んっ」

解放された股間が疼いてしまって仕方がない。愛撫の余韻のせいではなく、渦巻く牝欲が腰を振らせていることに気づいた。

本心とは対極に本能は破滅的な悦楽を欲している。

「イキたくないならイカなければいい。俺はお前を弄りたいから弄らせてもらうけどな」

半笑いの飯島が再び一葉の身体に触れてくる。

濡れ輝く真っ白な肌を這うように手が滑り、柔乳をつかんでは揉みまわされる。同時にヒクつく股間を弄られ、二本の指が束となって忍びこむ。

「んあ、あぁぁっ。イヤ、ダメっ。あ、あはぁ、ん！」

果てる直前まで昂らされた身体は、おぞましい愛撫を甘美なものと勘違いしてしまう。挿しこまれた指に膣肉は媚《こび》を売り、ウネウネと卑しく収縮を繰り返す。

（ヤダっ、このままじゃイッちゃう。またバカな性奴隷にさせられちゃう！）

愛と錯覚して被虐の愉悦に狂ったのは、一葉の人生で最大の汚点だった。ようやく目が覚めた以上、そんな異常な自分に戻りたくなどない。

「ほらほら、ここが弱いんだろ。お前の身体はお前本人よりも俺のほうがよく知ってるんだぞ」

しかし、飯島の性戯は巧みだった。彼は言葉どおりに一葉の悦楽をピンポイントで引きずり出す。牝としての本能が理性を飲みこもうとしてきた。

「ひぃ、ぃっ。ぐっ……あ、あああ！」

「っと、イキたくないんだったな。危うくイカせてしまうところだったよ」

飯島は楽しそうに言うと、またしても蜜壺から指を抜いた。ぼんやりとした視界の中で、妖しいとろみを大量に纏う男の節くれだった指が光っている。

(間違いない……私が自分からイカせてほしいって言うまで繰り返すつもりなんだ……っ)

どこまで卑劣で下衆《げす》な男なのだろう。やり場のない怒りが一葉の身体を震わせる。

しかし、一方では思ってしまっていた。

――イカせてくれ、と言えばイカせてもらえる。

自分に巣食う悪魔からの囁きに、たまらず身体の芯が痺れてしまう。

(ダメ、絶対にダメっ。こんな男に身を任せるなんて……っ。我慢しなきゃ)

すでに二回は達しているが、あくまでも軽いものだった。それだけでも絶望的なのに、これ以上の絶頂など、自らの土台が崩れ去りそうで恐ろしい。

そして、悠馬への想いと罪悪感が強烈なものとなって一葉を襲った。純粋な少年にひどいフリ方をしながらも、胸中では狂おしいほどに愛している。

彼を振ったのは、自分が性奴隷に堕《お》ちていた過去を鑑みてのことだった。こんな下劣な欲にまみれた女など、悠馬にふさわしいとは思えない。

しかし、それが自分を律しさせてくれたのだ。悠馬にふさわしい、汚れを払拭《ふっしょく》した女になろうと決意した。彼との関係はもとには戻せないだろうが、自分に見てくれていた清廉な女になり変わりたい。それが、せめてもの悠馬への償いだった。

(私はもう変態なんかじゃない。八橋くんが想像している、清純な女でいなければならないの……っ)

だが、そうは思っていても、身体の疼きは刻一刻と増している。

突き出した股間ではヒクヒクと膣膜が収縮を繰り返し、腰はカクカクと卑猥な上下運動を見せていた。

「ふふっ……いったいどこまで耐えられるかな……？」

飯島はそう言って、濡れそぼる淫膜へと指を押しこんでくる。そして、すぐに敏感なポイントを巧みな指遣いで刺激してきた。

「ひっ、ぐぅっ……んあ、あぁ！」

絶頂を予感して全身が総毛立つ。下半身は一葉を裏切るかのように、歓喜に激しく跳ねあがった。

（イヤっ。絶対にイキたくないっ。こんな形でイクなんて、もう許されないの。絶対にダメっ）

こみあげる激悦を振り払うために、狂ったように首を振る。歯が折れそうなほどに、渾身《こんしん》の力で歯を食いしばった。

秋も深まり寒い夜だというのに、全身は汗に濡れている。振り乱した黒髪が、首すじや顔、肩や腕に貼りついて不快さを感じるも、それを払うだけの余裕はもはやない。

てるぞ」

「ああ、もうグチャグチャじゃないか。テーブルにいやらしい液が垂れまくっ
一葉を崩し落とそうと、飯島が下品な笑みを浮かべて言ってくる。

「部屋中にエロい匂い撒き散らして。廊下にまで流れちゃってるんじゃないか。明日の朝まで漂いつづけているかもな。ははは っ」

女としてはもちろん、教師としての尊厳すら踏みにじろうとする。邪悪と言うよりほかにない飯島の責め苦に、一葉は全身の力をもって耐えつづけた。


いったいどれだけの時間が経ったのだろう。一葉は時間の感覚すらあやふやになっていた。

「ふぅ、ずいぶんと強情なんだな。おまんこは今すぐイカせてくださいって、涎垂らしてお願いしているっていうのに」

飯島が舌打ちしながら呆れたように言った。

「はっ……くぅ、ぅ……かは、っ……」

一葉には返事をする気力など微塵も残っていない。すべての力を振り絞り、

絶頂をこらえた結果、息をするのもやっとという状態だ。

全身の白い肌は不規則に震えを繰り返している。噴きだした汗の量は凄まじく、折りたたみテーブルの表面に、一葉の身体の形で液だまりとなってひろがっていた。

「……今すぐ入れてやってもいいが、それじゃあつまらんな」

ぼそりと飯島が独りごちる。

「もう……もうやめて……もう……許して……」

ぼんやりとした意識の中で、かすかな余力を振り絞って口にする。

が、卑劣な男がそんな懇願に耳を貸すわけがなかった。

「ふん、腰振りながらなに言ってやがる。さっきからずっとイカせてください、オチンポ入れてくださいって反応してるくせに」

吐き捨てるように飯島は言うと、脱力しきった一葉の上半身を抱きあげる。

「ほら、見ろよ。お前のおまんこがいかに淫乱な代物なのか、じっくりと観察しろ」

ガッと頭をつかまれて、自らの股間を見せつけられる。視線の先の光景に、思わず息をのんでしまう。

（なんて状態なの……これが全部、私が漏らしたっていうの……）

股間はおろか、内ももまでもが白濁と化した淫液にまみれていた。腰はビクビクと跳ねあがり、それに合わせてグチュグチュと卑猥な粘着音が響く。湿り気を帯びた濃厚な淫臭が鼻を突き、思わず顔をしかめてしまう。

「テーブルまでおまんこ汁がべっとりだ。どうするんだ、これ。え？」

震える脚をひろげられ、真下の坂上を見せられる。汚らわしい淫液が液だまりとなってひろがっていた。白濁化どころか、細かい泡まで立っているではないか。

「う、うぅ……いやぁ、ぁ……」

たまらず目をつむって俯いた。はしたないにもほどがある自らの行いに、気が遠くなりそうだ。

「こんなにマン汁だだ漏れにして、生徒たちが知ったらどう思うだろうなぁ。もっとも、八橋に関しては、すでに知ってるのか」

唐突に悠馬に言及されて、一葉は目をむいた。

「八橋くんは……関係ないでしょ……っ」

「関係ないもんか。俺との関係を捨てて、八橋とネンゴロになったんだ。俺から言わせりゃ寝取られたようなもんさ」

自分を遊び倒して、あげくには捨てた分際で、いったいどの口がそんなことを言うのか。ふつふつと怒りがこみあげる。

「ふふっ、イキたがってる状態で睨んだところで、威圧感もなにもないぞ。そうか、ここまでしても、お前はまだわからないってことか」

余裕ありげに飯島は言うと、一葉の身体をテーブルから滑り落とす。

「うう……な、なにをするんです……っ」

床に落ちるすんでのところでつかまれて、ふらつく身体を立たせられた。

「なにって、続きをするんだよ。ここじゃ埒《らち》が明かないから、場所を移動する。ほら、しっかり歩け」

飯島はそう言うと、一葉の二の腕をつかんでグイグイと押してくる。

全裸にむかれた一葉は抵抗しようとするが、体力を消耗した状態ではまったく無力だった。

生徒指導室の扉を開かれ、暗い廊下へと突き出される。

「イヤっ、こんな格好で廊下なんて……っ」

「学校には俺たちしかいないんだ。誰に見られることもないさ。それとも、変態な一葉は見られる危険があったほうが嬉しいか」

「くっ……そ、そんなこと……ああっ」

口ごたえする間もなく、飯島は一葉の身体を押しつづけた。おぼつかない足取りで無理やり廊下を歩かされる。静まりきった夜の校舎に、裸足の足音がペタリペタリと響きわたる。

（イヤなの……もうこんなこと……助けて……八橋くん……っ）

言いようのない恐怖と引かぬ疼きの最中で、一葉は最愛の少年を思い描くしかなかった。

3

連れられた場所に一葉は戦慄《せんりつ》した。

一葉が受け持つクラスの教室、それも悠馬の席の真正面ではないか。

「いつもお前たちはここで見つめあっていたんだろ。まったく、安いドラマみたいなことしやがって」

飯島はそう言うと、冷たい汗に濡れた巨乳を揉みしだく。汗を潤滑油に指が這いまわって沈みこむ。不快な感情とともに、牝欲が再び沸騰しはじめるのがわかった。

「イ、イヤ……っ。こんなところでなんてことを……んあああっ」

口ごたえを許さぬとでも言うように、乳輪ごと摘まれた。鋭い官能が全身に痺れとなってひろがる。自力で立つこともままならない一葉は、甘い声を漏らしてガクガクと震えてしまった。

「いやらしい声出しやがって。八橋におっぱい弄らせたときもそんなだったのか？」

「だ、だから……ああっ、そんなことはしてない……あああん！」

乳首を捻られつつ、潤んだ肉割れに指が這う。たまらずキュッと内股になるも、飯島の指は的確に陰核を弄った。強烈な愉悦に媚肉が歓喜して、ドプリと淫蜜を滴らせてしまう。

「ひどい濡れ具合だな。さぞ八橋も喜んだだろうさ。憧れの女教師がこんなにも卑猥な身体してたんだからなぁ」

陰核を摘まむように刺激して、もう片方の手で牝膜を穿りはじめる。グチュグチュと卑しい音が響きわたった。聞こえるようにわざとやっているのだ。

「あ、ああっ……んあぁっ。や、やめてくださ……あはぁ！」

たまらず身体を前屈みにしてしまうも、飯島の手は止まらない。それどころかより快楽を引きずり出そうと、愛撫は激しくなり、一葉をさらに追いつめた。

(こんなところで……八橋くんの席の前で犯されるなんて……っ。やめてっ。本当に私、おかしくなっちゃうっ)

こみあげる法悦に頭を振り乱して必死に耐える。

しかし、肉体は激しい愛撫に歓喜して、白い脚を伝って卑猥な女蜜を床にまで垂らしていた。

「そろそろ認めたらどうなんだ、八橋とセックスしましたって。俺の性奴隷にもかかわらず、清楚なフリして生徒を誘惑しましたって」

生暖かい吐息を耳もとに吹きかけながら、飯島が囁く。

絶対に認めてはならない。

「……よく考えたら別に認めなくてもいいか。本人に直接聞けばいいんだよな」

妙案が思いついたかのように、さも楽しげに飯島が言った。

強烈な悪寒が走って、目を見開いて振り返る。

「八橋に直接聞けばいいんだよ。大町先生とセックスしたのかって。気弱なあいつのことだ、高圧的に問いつめれば口を割るだろ」

まさに悪魔の所業である。悠馬にだけは絶対に迷惑をかけるわけにいかない。

「や、八橋くんは関係ないでしょっ。そもそも、彼とエッチだなんて……んああっ！」

膣内を弄っていた指がさらに深いところへと侵入し、子宮口を穿られる。あまりの淫悦に目の前がチカチカした。このままでは絶頂させられてしまう。

「じゃあ、言え。本当のことを俺に話せ。さもないと、八橋に本当のこと言わせたうえで処分……そうだな、最低でも停学は免れないな。学校中に噂はひろがって、もう学校に来ることはできなくなるだろうな」

恐ろしいことを愉快なことのように飯島は言う。一葉はあまりのひどい発言に目が点になった。同時に絶望にたたき落とされる。

(私が……認めないと八橋くんが……それだけは絶対にダメ……っ)

自分の愚かさと無力さに愕然《がくぜん》とする。もう、どうすることもできない。好きな少年ひとりすら、自分は満足に守れないのだ。突きつけられた最悪の選択に、一葉は涙をこぼしながら、禁断の言葉を口にする。

「……うぅ……しました」

「ん？　もっとはっきりと言え」

「し、しました……八橋くんと……エッチしました……」

かろうじて残っていた理性が音を立てて決壊していく。こみあげる無念さに一葉はすすり泣くしかない。

「ほう……教師という立場を無視して生徒と淫行か。やはり、お前はとんでもない淫乱だな……っ」

飯島が突然、一葉の脚を持ちあげる。汗と淫水に濡れる桃尻を悠馬の机へと乗せ、大きく股間をむき出しにする。

「俺の奴隷の分際で、大切な生徒に手を出すなんて許されないぞ。お前みたいなアバズレは徹底的に壊してやるっ」

飯島の指が膣膜にズッポリと突き刺さる。敏感なポイントを激しくこねまわされて、陰核を摘まみあげられた。

「ひぃ、いいいっ。ヤダっ、ここでイカせないでっ。イヤ、イヤあぁ！」

悲痛な叫びが無人の校舎に響きわたる。絶叫したところで、誰も助けになど来てくれない。

淫膜が今日いちばんの収縮を繰り返す。ぱっくりと開ききった淫華からは随喜の涙を流すかのごとく、泡立った淫液が止めどなくあふれでた。

（もうダメ、もう無理……っ。私……私はもう……っ）

全身の筋肉が狂ったように痙攣した。拘束する飯島の腕を思いきり握りしめる。つま先を思いきり曲げて、すべての力が下腹部に集中する。

「ああっ、あああっ。ダメっ、ダメぇえぇっ。ひっ、ぐぅっ……うぅうん！」

腰が爆《は》ぜたように跳ねあがる。意識も視界も真っ白に覆われた。すべての感情が弾け飛ぶ。あまりにも凶悪な絶頂だった。

「おお、えらいイき方してるな。まんこの締まり具合がヤバいじゃないか」

淫悦の極地にたゆたう一葉にほくそ笑みつつ、飯島は指の動きを止めようとしない。それどころか、ますます荒々しさを増してきた。

「ダ、メ……っ。イッたの……イッてるんです……っ」

涙どころか涎まで垂らした一葉が、必死に頭を振り乱す。もはや錯乱状態だ。

「だからなんだっ。言っただろ。お前にはもう一度、性奴隷としてたたきこまなきゃならないって。イッたならもっとイッてしまえ。イキ狂って壊してやる！」

凶悪な企《たくら》みを叫ぶ飯島は、言葉どおりに膣膜への刺激を続けている。

ことさら敏感なポイントを集中的に弄られ、硬くしこった牝芽を捻られる。

地獄とも思える激悦に、一葉の中でなにかが弾け飛びそうだ。

(ダメダメダメっ。なにか来ちゃうっ。来ちゃいけないのが来る……っ)

迫りくる恐怖から逃れようと、狂ったように頭を振って、わけもわからず喚《わめ》き散らす。

しかし、飯島はしっかりと一葉の裸体を拘束し、逃げることなどできなかった。

「ほらほら、エロ狂いが我慢なんかするんじゃねぇ。二度と口ごたえできないように、骨の髄まで快楽をたたきこんでやるっ」

グッと恥丘の裏側を圧迫された。瞬間、強烈な電流がほとばしったかのごとく、下腹部が激しく痙攣する。

なにかが盛大に弾け飛んだ。

「あああっ、イヤぁあああっ。ひぃ、いいいん！」

ビチャビチャと液体が撒き散る音がする。白んだ視界で見た光景に一葉は戦慄した。

「おお、ずいぶんと派手に噴いたものだな。ほらほら、もっと出せよ。八橋の机も椅子もお前まみれにしてやれっ」

飯島の押し出すような指遣いに合わせて、ビュッビュと女水は噴出しつづける。あっという間に悠馬の席は、卑しい淫水にまみれてしまった。

「う、うぅ……イヤぁ、ぁ……ごめんなさい……ごめんなさいぃ……」

うつろな意識で悠馬に謝る。ひとり寂しく夜を過ごしているであろう悠馬を想うと、罪悪感に胸が張り裂けそうだった。

男の魔の手から逃れきれず、淫悦をこらえきれずに絶頂を繰り返し、あろうことか潮まで噴いた。教師としてはもちろんのこと、少年を想う女としても、それ以前に人間として失格だ。

「本当にずいぶんと噴いたな。今までこんなに噴いたことなんてなかったろ。八橋を想っていやらしい身体が反応したのかな。ふふふ……」

下半身は潮で、上半身は汗で、顔は涙と涎で文字どおりグチャグチャになった一葉は、もはや思考する気力もない。自らが犯したさもしい行為を、濁った瞳で見つめるだけだった。


暗く静かな教室内に、一葉の激しい吐息のみが響いている。

全身の白肌は不規則に震えてしまい、腰を下ろした机にひろがる淫水をピチャピチャと弾いていた。

「自分がいかに淫乱な身体なのか、これでよくわかったろ」

蔑んだ笑いを響かせ飯島が、背後でカチャカチャとなにかを弄る音がした。

混濁した意識が、決して許してはならない行為への恐怖で引き戻される。

「ダ、ダメです……っ。それだけはっ、それだけは許してっ」

なんとか逃げ出さなければと思うも、壮絶な絶頂と破滅的な潮噴きに追いこまれた身体は、言うことを聞いてはくれない。液だまりに浸《つ》かりながら、悶えるような動きしかできなかった。

「ふふっ、怖がれよ。怯《おび》えて泣き叫べばいい……お前は最初からセックスに積極的だったからな。こういう反応はすごくそそるぞ……」

飯島が正面にまわりこむ。下半身はすでにむき出しとなっていた。凶悪な肉槍が卑しい粘液を滴らせながら、怯える一葉を見据えている。

「お、お願いです……もうやめてください……もう許して……」

恐怖と嫌悪感とでうまく言葉が出てこない。半開きになった唇の奥で、ガチガチと歯が鳴っていた。

「むき出しのまんこをヒクヒクさせときながらなに言ってるんだよ。スケベな汁をいつまでたっても垂らしてる分際でよ」

飯島の指摘にハッとした。頭では猛烈な嫌悪感と拒絶が渦巻いているのに、股間の奥底は燃えるように熱くなっている。

膣膜は刺激が足りないとばかりに収縮し、淫悦の圧迫と擦過を求めていた。

(なんで……なんで私……こんな……)

自分が自分に裏切られている。経験したことのない絶望が一葉を襲った。自分は淫乱という言葉すら生ぬるい。下品で汚らわしい牝としか言えないと思った。

「ほら、お前が大好きなチンポだぞ。これなしじゃ生きていけない、なんて叫んでたもんなぁ」

男女の関係にあった頃の下賤《げせん》な記憶を引きずり出される。封印していた事実に、一葉の自我がボロボロと崩壊した。

「あ、あっ……いやぁ、ぁ……ぐすっ……うぅぅ……」

恐怖、絶望、恥辱が一葉を極限まで追いつめる。涙は止めどなくあふれ、弱々しく首を振るだけだった。

「もう俺も我慢できないからな。このまま一気に入れてやる……っ」

濡れた両脚を開けひろげ、飯島が身体をはめこんでくる。

「ヤダぁっ。イヤぁっ。助けてっ……お願いぃ！」

かろうじて残っていた力を振り絞り、一葉は必死に抵抗した。つかまれた脚をバタバタとさせ、なんとか飯島から逃れようとする。

が、そんな行為はまったく無意味だった。

汚れた肉棒が股間に触れたと思った瞬間、一気に腹の奥を圧迫する。あまりにも強烈な異物感に、一葉の気道がつまった。

「かっ、は……ぐぅ……！」

「おお、すごい締めつけじゃないか。そんなにチンポが欲しかったのか。バカ正直な淫乱まんこだ」

飯島は一葉の様子に嬉々として、グイグイと肉槍を押しつけてくる。

(イヤぁっ、アソコが押しひろげられて……っ。ぬ、抜いてぇ！)

一葉の気持ちをあざ笑うかのように、勃起は子宮口を押圧する。淫液まみれの膣膜がうねっているのが自分でもわかった。

そして……それが牝悦の戦慄きであることも自覚してしまう。

「う、ぎっ……あ、ああっ……はぅ、ん！」

肉壺から湧きあがる違和感は、あっという間に淫らな悦びへと変化していた。白肌の小刻みな痙攣は、恐怖や悔しさなどではなく、男根からの愉悦に取って代わっていた。

「ほらほら、お前はココが好きだったよな……っ」

ぬめる腰を両手でつかまれ、ググっと引き寄せられる。剛直が子宮口手前の上部を強烈に抉《えぐ》り、牝の愉悦が炸裂した。

「ひぎ、ぃっ。あ、あああっ、うぐっ、はぁああん！」

もはや嬌声を我慢できない。嬌声というよりは、絶叫に近くなっていた。おとがいを天井に向けて、大きく開いた口端からは涎までこぼしてしまう。

(気持ちいいところばっかり突かないでっ。グリグリしないでぇ！)

法悦が膣膜を収縮させて、腰をビクビクと震わせる。振り乱す黒髪は汗に濡れ、細かい雫を撒き散らしていた。

飯島の動きが徐々に激しさを増してくる。蕩けてしまった肉膜をめくるようにピストンされて、淫蜜がかき出されていた。襲ってくる愉悦と立ちのぼる発情臭に、一葉は目眩がしそうだ。

「ううっ、相変わらず締まりやがって……っ。そうか、そんなにお前のまんこは精液を吐き出してほしいんだなっ」

恐ろしい言葉に一葉は息をのんだ。避妊具もつけていない状態だ。それだけでも危険なのに、膣内射精などもってのほかである。

「ダ、ダメですっ。中は……中に出すのだけは許してっ。責任も取らないくせにやめて！」

「今まで散々中に出してやっただろうが。いまさらイヤがるんじゃねぇよ」

飯島の肉棒がひときわふくらみを増す感覚があった。往復するたびに、脈動が力強さを増している。一葉の全身が恐怖に総毛立った。

「イヤなんですっ。ダメなんですっ。もう……私、ピルのんでないのっ。中に出されたら妊娠しちゃう……！」

「勝手にのむのをやめたお前が悪いんだっ。自分の失敗は自分でなんとかしろ！」

猛烈な肉棒の威力と受精の恐怖とが一葉を襲う。本当に一葉のすべてが壊れようとしていた。

だが、そんな状況にあっても、女壺からは凄まじい牝悦がこみあげる。獰猛な牡に媚びる牝の獣としての本能が、一葉を沸騰させていた。

（イヤっ、イッちゃうっ。こんな……犯されてイッちゃダメっ。八橋くんの席で……中出しされてイッちゃ……！）

全身の筋肉が硬直する。机の縁をつかむ手が、折れそうなくらいに爪を立てる。

「おおっ、出すぞっ。全部、子宮で受け止めろ！」

飯島が雄叫《おたけ》びをあげる。瞬間、子宮口めがけて屹立《きつりつ》が思いきり打ちこまれた。

衝撃は一葉のすべてを真っ白に塗りかえる。膣奥に撒き散らされる灼熱の牡液の感覚だけが鮮明だった。

媚肉が生殖に歓喜する。怒張をギュギュッと締めつけて、牝悦の爆発を促した。

こらえることなど無理だった。

「ひっ、ひいぃぃっ。あ、あぐっ、はぁっ、あああぁ！」

壮絶な牝鳴きが校舎中に響きわたる。絶望と歓喜とが融合した絶叫は、もはや正常な人間のものではない。激悦に本能をほとばしらせた、卑しい牝の号砲だった。

（出された……いちばん奥に……こんな大量に……）

遠ざかる意識の中で、凌辱の事実が一葉を奈落《ならく》の底へと突き落とした。悠馬を想うことなど、もはや許されない。汚れに汚れを重ねた心身が、一葉をのみこみ、押しつぶす。

「はあぁ……たっぷりと出してしまったな。まんこが悦んでるじゃないか。わかっただろ、お前のまんこはとっくに俺専用になりはててるんだよ」

荒々しく呼吸を漏らして殊勝に飯島が言う。

「はぁ、っ……あ、ぁ……抜いて……。もう……ヤダ……」

まわらぬ頭で口をついたのは、意識にこびりついた飯島への拒絶だった。壊れたオーディオのように、途切れとぎれの言葉にしかならない。

が、それは下劣な男をさらに昂らせることになる。

「ほぉ……まだそんな御託《ごたく》を吐く余裕があるのか」

飯島が腰を引く。女蜜と精液にまみれた極太が禍々しさを誇示するように姿を現し、淫裂から抜けると、ブチュンと下品な粘着音を響かせる。

「うぅ……イヤぁ、ぁ……」

犯され種づけされた証拠を見せられ、一葉はかすれた声で悲痛さを訴えた。ぽっかりと開いた膣口がヒクヒクと息づいて、やがてとろりと白濁液を垂れ流す。のぼりたつ淫臭は、獣の交尾を如実に物語っている。

「せっかく注いだのに、もうそんなに出しやがって……まぁいい。こぼしたらそのぶん、また入れてやるよ」

飯島の言葉に戦慄した。一度ならず二度も立てつづけに犯そうというのか。

「や、やぁっ。お、お願いです……もうこれ以上しないでぇ……っ」

顔をくしゃくしゃにして一葉は必至で請う。卑猥な粘液まみれの両脚を閉じて、なんとか聖域をこれ以上汚されまいとした。

「口ごたえも相変わらずか。ずいぶんとできの悪い牝豚だなっ」

吐き捨てるように飯島は言うと、震える一葉の腰をつかんで、くるりと身体を反転させる。

「きゃっ。うう……っ」

崩れ落ちそうになる裸体を、濡れた白腕でなんとか支えた。ロクに踏んばる力はなく、肘がガクガクと戦慄いている。妖しく濡れ光る豊乳がぷるぷると細かく揺れていた。

「まんこはクパクパ言わせてるくせに、よけいなことばっかり考えやがって。まんこから脳みそにたたきこんでやるよ。お前は一生、俺から犯されて生きるしかないってな！」

腰を引き寄せられて、尻を突き出す形になってしまう。はずみで腕が崩れ落ち、濡れた机の上に肘をつく。

ガシッと頭をつかまれた。次の瞬間、一葉の顔は机を覆う液だまりへと押しつけられる。

「うぐっ。やめて……っ。イヤっ、こんなのイヤぁ！」

なんとか逃れようと、必死で頭を振り乱す。

しかし、果てた直後の一葉が男の力に適うはずがない。結局、頬も鼻も唇も淫液へと擦りつけることにしかならず、グシュグシュと下品な水音を立てるだけだった。

「お前が撒き散らした潮とこぼした精液をしっかりと顔で感じるんだ。八橋の机に染みこませてやれ。あいつも大好きな大町先生の匂いがするーって、チンコをおったてて喜ぶだろうさ」

人としての良識が欠如した言葉を放つと、飯島の怒張が再び秘裂にあてがわれる。

熱さと硬さは相変わらずだった。その先端が、ぷちゅぷちゅと膣門を弄りまわす。

「イヤぁ、ぁ……もうイヤぁ……」

抵抗の言葉は弱々しく、かえって男根を弾ませてしまう。みっちり肉のつまったまるい尻が勝手に揺れているのも、凌辱者の劣情をあおってしまう。

「その口からチンポが大好きだって言葉が出るまで、何度でも入れてやるからな。そらっ」

剛直が花を踏みにじる。凶悪な硬さと衝撃が一葉を襲った。

「ぐぅ、ぅっ。あ、あぅ……んぁ、ぁ！」

子宮口を押しつぶされる感覚が、すぐに法悦へと変わってしまう。汗に濡れた白肌が痺れ、桃尻を自ら飯島に押しつけてしまっていた。

（イヤなのに……殺したいほど憎いのに……なんで、私の身体はこんなにも感じてしまうの……っ）

喘ぎを漏らす唇に、淫水と白濁液が入りこむ。鼻腔《びこう》を満たす淫臭と相まって、恐ろしいほどに卑猥な味がした。それにすら身体は反応して、身体の芯からジリジリと焦がされる。

「ふふっ、身体はどんどん素直になってきてるな。あとはお前の頭の中だけだ……っ」

飯島が腰を引き、すぐさま恥骨をぶつけてくる。濡れた肉同士がバチュンと弾け、鮮烈な淫悦が一葉の脳裏を赤く染める。

（ああっ……感じちゃう。気持ちいいの……下品な声が我慢できない……っ）

漏れ出る淫声は熱を帯び、いつしか媚をはらんでいた。一葉の反応は悔しいかな、牝奴隷のそれになりはてている。

（ごめんなさいっ、八橋くん。私はやっぱりあなたが想うような女になれない。八橋くんの期待や理想になにひとつ応えられない、バカで浅ましい女なの……）

情けなさに涙が止めどなく流れ出る。机にしがみつく両手はやるせなさに震えていた。

繰り出される牡欲の衝動に、一葉は悲観に暮れながら喘ぎを響かせるしかなかった。

4

「ふぅ……さすがに俺も疲れたな。もうすっからかんだよ」

硬さと太さを失った陰茎を垂れ下げながら、飯島が満足そうに言った。

そんな男の足下で、一葉は全裸で倒れている。

手足どころか指の一本すら動かせない。白い肌はもちろん、長い黒髪までもが汗に濡れて散らばっている。ゼェゼェと激しく息継ぎをすることしかできなかった。

「これでわかっただろ。お前は教師や女である以前に、セックス狂いの牝なんだよ。これからもずっと、俺の性奴隷だ」

蔑む言葉が頭に響くが、理解するだけの余力はない。

一葉は幾度となく犯されては精液を注がれた。絶頂と潮噴きを迎えた回数はもはや覚えてなどいない。極度の疲労と失意に、白肌を引き攣《つ》らせるだけだった。

「じゃあ、俺は帰るからな。後始末はしっかりしとけよ。じゃないと明日、生徒たちがびっくりするぞ。教室中にいやらしい空気が蔓延《まんえん》してるってな」

凶悪な笑い声を響かせながら、飯島は教室を出ていった。

かすかな街の明かりで仄暗い教室に、一葉の呼吸のみが響いている。恐ろしいほどの静寂は、一葉の孤立と絶望とをいっそうに引きたてた。

いったいどれくらいの時間が経っただろうか。牝悦の余韻がようやく覚めた身体は、ピクピクと小刻みに震えはじめる。

「うぅ……うぐっ……あ、ぁ……」

うっすらと開けた目から、ほろりほろりと涙がこぼれる。すすり泣きの声は徐々に大きくなり、ついには慟哭《どうこく》とも言うべき号泣に変わっていく。

(私……私はもうダメだ。教師としても女としても……人間としてもダメなんだ。こんな私なんか、もうどうなったっていい……）

身体を囲う淫水が冷たくて仕方がない。股間は大量の精液に覆われて、染みるように痛かった。

ぼんやりとした視界に悠馬の机の縁が映る。坂上からはポタリポタリと潮の雫が滴っていた。

悠馬を傷つけただけでなく、ひどく汚してしまった。あまりにも愚かな自分自身が許せない。

「……もういいや」

大町一葉などという醜《みにく》く下品なバカ女など、もはやどうでもいい。自分はここにいてはいけないのだ。いつづけたならば、悠馬をさらに不幸にしてしまうだろう。それだけはどうしても避けねばならない。

「八橋くん……」

震える指先でそっと彼の机を撫でる。自分を見つめる熱い瞳、柔らかくもどこか寂しそうな笑顔、そしてあの一夜の興奮してくれた初心《うぶ》な姿。それらの記憶が一葉の脳裏を過ぎ去っていく。

胸を締めつける苦痛は、一葉に課せられた罰だった。贖罪《しょくざい》などできるはずもない。一生、痛みを抱くしかないのだ。

つきかけた力を振り絞って身体を起こす。ふらつく上半身を両手で支え、悠馬の机にしがみついた。

（苗字《みょうじ》でしか呼べなかったな……）

彼を下の名前で呼びたかった。歳《とし》の離れた恋人として、互いに名前を囁きあいたかった。そんな儚い願望が徐々に薄れて霧散していく。自分に彼の名を口にする資格など微塵もない。

だから、せめて苗字だけでも口にして告げたかった。

「……さよなら、八橋くん」

言い終わるとすぐに、どうしようもない激情がこみあげた。喉の奥が苦しくなって、白い肩が上下に戦慄く。

誰もいない学校に、罪深い女の嗚咽《おえつ》が響きつづけた。

第五章　シクラメンは言葉もなく

1

悠馬は意気消沈していた。

かつてない絶望感に襲われて、なにごとにも気力が湧かない。

（大町先生が……辞めてしまうだなんて……）

一葉が突然、学校を去った。教師を辞めてしまったのだ。

聞きおよんだ話によると、朝、校長の机に一通の辞職届が置かれていただけらしい。生徒はもちろん、教師すら彼女が辞めるつもりだったとは聞いていないという。

（なにかあったんだろうか。じゃないと、こんな辞め方はしないはずだ……）

一葉ほどの理知的な女性がそんな身勝手な辞め方をするなど、本来ならばありえない。

妙な胸騒ぎがした。自分が想像もできないような、恐ろしいなにかに巻きこまれているのではないか。

(……いや、もう僕は大町先生は諦めたんだ。辞めようがいなくなろうが、もう関係ないじゃないか)

自分が心配したところで、彼女が自分を振り向いてくれるわけでもない。すでに自分は嫌われているのだ。気にかけても迷惑に思われるだけだろう。

(……でも、それで本当にいいのか)

悠馬に疑問と焦りのようなものが生まれた。

彼女への未練は消えてくれる気配はない。それどころか、消失感は日に日に増して、悠馬の心を蝕んでいた。

ひとことだけでも話がしたい。自分を拒絶する理由を教えてほしい。それが、どんなにつらくて胸を抉られるものだとしても、知らずにはいられない。

「大町先生が辞めたのって、やっぱりさ……」

「八橋との関係が原因だってか……」

「だって教師と生徒で……だぜ」

「問題の責任を取らされたってこと……？」

「大町先生、かわいそうじゃん……」

教室のあちこちからヒソヒソと噂する声が聞こえてくる。好奇と敵意に満ちた囁きには、いつまで経っても慣れることはない。

たまらず窓の外へと顔を背けた。悠馬ができる唯一の逃げは、もはや日課になりつつある。

外は寒々とした青空がひろがり、街路樹は茶色の木の葉を風に乗せて撒き散らしている。冷たく乾燥した風は、完全に冬のものになっていた。

（……行ってみようか、大町先生の家に）

一度だけ招かれた一葉のアパートを思い出す。あの部屋で彼女はいったいなにをしているのだろう。粛々と転職活動をしているならばそれでいい。

だが、悠馬にはとてもそんなことをしているようには思えなかった。荒《すさ》んだことになっているのではないだろうか……。

彼女の今現在が知りたくて、逸《はや》る気持ちが抑えられない。

（……行こう、先生のところに。確かめずにはいられない）

一分一秒とて無駄にはできない気がした。こんなときに授業を受けるのは時間の浪費だ。そもそも、今の悠馬に学校での居場所などない。

ガタリと音を立てて立ちあがる。クラス全員の視線が向いた。それを無視して通学バッグに荷物をつめる。

「悠馬……」

名前を呼ぶかすれた声は、おそらく円香のものだろう。彼女への罪悪感はいまだに濃くて、まともに顔を見ることすら不可能だった。

「……っ」

なにがあろうと、あとに引くことなどもはやできない。

悠馬はみなからの好奇と円香の憐憫《れんびん》を振りきって、足早に教室を出ていった。

昼下がりの街は悠馬の身体に寒風を吹きつけた。緊張と不安に襲われていた肌身にはあまりにもつらい。自然にブルリと身体は震えた。

(先生……どこ行ったんだろう……)

アパートの共用通路で悠馬は立ちすくんでいた。

目の前には一葉の部屋の扉がある。その脇には申し訳程度の小窓がついていたが、中に人がいる気配はない。

(買い物にでも行っているのかな……?)

だが、ドアポストを見ると昨日の日付のコミュニティ紙が挟まれてある。一葉の性格を考えると、挟んだままにしておくとは思えない。

つまり、彼女は少なくとも昨日から帰っていないということだ。

(いったい、どこに行ったんだ……)

途方に暮れた悠馬は、手すりに背中を預けてズルズルと崩れ落ちる。

このまま待っていれば帰ってくるかもしれない。そんな淡い期待にすがることにした。

(でも……先生が帰ってきたとして、僕はなにを話せばいいんだろう)

後先を考えずに学校を飛び出してきた。一葉に会いたいという一心のみだったのだ。

(先生と顔を合わせられたとしても……ストーカー扱いされて終わりじゃないのか)

一葉に冷たく拒絶された光景が脳裏に蘇《よみがえ》る。もし、同じ態度を取られたら、自分は本当に立ち直れないかもしれない。

だが、こうも思うのだ。

(あの言葉と態度は……本当に先生の本心だったのか……?)

心を重ねて身体をつなげた。そのときの彼女から感じた愛情と優しさには、少しの偽りも感じられなかった。少年の年齢である悠馬にも、そのくらいのことはわかっている。

(確かめたいんだ……先生の本当の気持ちを。それで嫌われたとしても、受け入れるしかないじゃないか……)

恐怖と緊張が身体で渦巻くが、一片の希望もあった。一葉がなにかしらの理由で、わざと冷たくしたのではないか。その可能性にすがるしかない。

悠馬は扉の前でしゃがみつつ、彼女の帰りを待ちつづけた。

2

（今日で三日目か……）

悠馬は濁った瞳で開けられた様子のない扉を見つめる。

ドアポストには日に日にチラシの量が増している。何枚かは挟まりそこねて、扉の前で散らばっていた。

（いったい、どこに行ってるんだろうか……）

悠馬はこの三日間、朝から晩までずっと彼女の帰りを待っていた。異常なことをしていると思うが、もはや意地になっている。

（もう帰ってこないのかな……）

若い女性が三日間以上も家に帰らないなど、普通のことではない気がする。

事件にでも巻きこまれているのではないか。もしくは、すべてを捨てて失踪したのか。

（まさか……もうこの世にいないなんてことは……）

最悪の展開が頭をよぎって、慌てて頭を振った。

縁起でもないことだ。そもそも、一葉のような聡明な女性が、そんな過ちを犯すはずはない。

(こんなことを考えてしまうなんて……僕がおかしくなりはじめているのかもな。いや、もうとっくにおかしくなっているのか……)

学校にも行かず、毎日恋する女教師の自宅前で座りこんでいる。やっていることは、紛れもなく異常なストーカーそのものではないか。

(このまま帰って来なかったとしたら……僕はどうすればいいんだ。きれいさっぱり忘れることなんてできるわけが……)

そんなことを考えていると、突然、階段を上がってくる足音がした。ビクリと肩が震えて、足音のほうへと視線を向ける。

(もしかして……大町先生?)

これまでも何度か誰かが上がってくることはあった。そのたびに一葉が帰ってきたのではと期待したが、結局はまったく別人だった。期待と諦めが半々の状態で、悠馬は腰を浮かせる。

が、やってきたのは、思いもしない人物だった。

「……横森」

「…………」

円香は悠馬を見ると、気まずそうに顔を歪める。

それでも、小さくため息をついてから、ゆっくりと悠馬の傍らへとやってきた。

「悠馬、なにしているの。まさかと思ってやってきたら、そのまさかなんだもの……」

呆れたように円香は言うと、しゃがんで顔をのぞきこむ。

悠馬はいたたまれなくなって、顔を背けて口を噤《つぐ》んだ。

「……学校ではね、大町先生に続いて悠馬もいなくなったから、みんなで大騒ぎしているよ。やっぱりあのふたりはデキていたんだって。自分から墓穴掘ってるんだから……バカじゃないの」

蔑みというよりは憐れんだ言い方だった。

ふわりと爽やかな柑橘《かんきつ》系の香りが漂ってくる。あの夕刻に純潔を捧げられたときの記憶が蘇り、悠馬の胸がギュッと締めつけられた。

「……私とのことを気にしてるでしょ」

円香が鋭く突いてくる。あまりにも図星で自然と身体がビクリと反応した。そういえば、勘が鋭いと自負していたが、勘というよりはエスパーなのでは、などと思ってしまう。

「気にするくらいなら、私とつき合ってよ。大町先生のことは諦めてさ」

円香の黒曜石のような瞳が向けられていた。純潔を奪い、本能をほとばしらせてしまった少女の願いだ。本来ならば、それ相応の責任を取らなければならないだろう。

「……まぁ、そんなのは無理だよね。だって、あんなことしても、悠馬はまったく振り向こうともしなかった。私がつけ入る隙なんてないことくらい、わかってるよ」

あっけらかんと彼女は言う。続けて、ふふっと笑うと、顔を近づけてきた。

「そんなに大町先生のことが好きなんだ？」

あまりにもストレートな物言いに、悠馬の肩はピクリとした。

だが、無視するわけにもいかない。はっきりと返事をしないのは、円香にはもちろん、一葉に対しても失礼ではないか。

「……ああ。僕は……大町先生が好きなんだ。頭も胸も先生のことでいっぱいで……」

苦しいんだ、という続きの言葉は出なかった。

頭部に訪れた柔らかくて優しい感触に、悠馬の身体がピタリと止まる。

「もう……本当にバカなんだから……」

浅黒い円香の手が悠馬の髪を撫でていた。その手つきと注がれる視線は、まるで子供を愛する母親を思わせる。

(こいつ……いつの間にこんなことができるようになったんだ……)

同い年の少女が見せる深い母性に驚いた。精神的に彼女はとっくに悠馬を追い抜いているのだろう。

「しょうがないね。私、悠馬のこと応援するよ。もし……なにかできることがあったらしてあげるから。あ、でも、ヤリたいからヤラせろってのはなしね。恋人になってくれたら、いつでも好きなときにヤラせてあげるけどっ」

そう言って、あははと笑う。その冗談を言う雰囲気は、いつもの彼女のそれだった。つられて悠馬も微笑んでしまう。

(僕なんかよりよっぽど大人なんだな。なんか自分が恥ずかしいや……)

少しでも成長しなければならないと思った。それが、円香に対するせめてもの報いになる気がした。

(とりあえず行動しよう。それでダメなら……そのときはそのときだ)

「横森……ありがとう」

悠馬が静かにそう言うと、円香は満足そうにニッコリと微笑んだ。

「じゃあ、私行くね。悠馬もいつまでもこんなことをしてちゃダメだよ。どこかで区切りをつけなきゃいけないんだから」

立ちあがった円香は、どこかスッキリした顔をしていた。

(僕の本心を改めて確認したかったのかな……)

円香への罪悪感はいまだに残っている。

だからこそ、彼女の優しさと決意に応えなければ。結果はどうあれ、一葉との答えを出さなければならない。

「ねぇ、悠馬」

階段を数歩だけ降りたところで、円香がふい言ってきた。

なんだい、と応えると、振り向きざまに明るい声で言ってくる。

「大町先生と、うまくいくといいねっ」

浮かべている笑顔に他意はない。あまりにもはっきりとした応援に、こちらが戸惑う始末である。

「あ、ああ……」

そう言い返すのがやっとだった。

円香は再度、屈託のない笑みを浮かべると、足早に階段を降りていった。

「横森……」

感謝と申し訳なさ、様々な感情が胸中で渦巻きながら、悠馬は円香の消えた階段を見つめていた

3

それから二日が経った。

いまだに一葉は帰宅していない。

(本当に……どこに行ったんだろう……)

いよいよ悠馬の根気も消えかけていた。共用通路にしゃがんだ悠馬をあざ笑うように木の葉が周囲を転がっている。

(いい加減……諦めたほうがいいのかな)

そろそろ潮時なのかもしれない。

悠馬がいくら想ったところで、一葉が拒否したなら仕方がないのだ。もしかしたら、彼女は自分が帰りを待っているのを知っていて、わざと帰ってこないのかもしれない。

(今日でやめよう……このまま続けていても埒が明かない……)

一葉を諦めるのは非常につらい。胸が恐ろしいほどに空虚さに襲われる。

明日からどうすればいいのか。なに食わぬ顔で学校に行くほどの図太い神経は持ち合わせていない。

「しばらく引きこもろうかな……」

そんなことを考えていると、誰かが階段を上がってくる音がした。

一葉だとは思えなかった。足音は女性のものではない。虚ろな視線で階段のほうを見つめてみる。

やってきたのは、スーツ姿の男性だ。悠馬を見た彼は、一瞬驚いた顔をしたかと思うと、困ったような表情をする。

「君だよね、ここ一週間くらい、ずっと居座っている男の子っていうのは」

悠馬の前までやってきた彼は、目の前でしゃがんでため息をつく。

「困るんだよね。関係のない人がアパートに立ち入られるのは。不法侵入だよ」

男はアパートを管理している不動産業者の人間だった。きっと、ほかの入居者からクレームが入ったのだろう。

「いったいどういうつもりだい。なにが目的でここにいるの？」

「そ、それは……」

言い訳をしようと思うも、うまく言葉が出てこない。しどろもどろになって、視線を宙に彷徨《さまよ》わせた。あからさまなほどに挙動不審だ。

「高校生だよね。授業をサボってこんなところで……ちょっと生徒手帳かなにか見せてくれる？」

男の手がさし出される。

いよいよマズいと思った。

「ごっ、ごめんなさいっ」

悠馬は勢いよく立ちあがると、一目散に階段を駆け下りる。後ろから止まるように言われるも、無視して狭い路地を右へ左へとダッシュした。

いったいどのくらい走っただろう。悠馬は小さな公園を見つけると、そこへと入ってようやく足を止めた。

突然、全速力で走ったせいで、胸と喉が苦しくて仕方がない。ゼェゼェと激しく呼吸し、ときおり咳《せき》まで交えてしまう。寒風が吹いているのに、額やこめかみからは汗が滴り落ちていた。

(もう、あのアパートにはいられないな……)

いよいよ年貢の納めどきだろうか。現実を見て受け入れろと、社会全体が悠馬を責めているように思えた。

(ダメだ……こうなったら諦めるしかない……)

乱れた呼吸を繰り返しながら、ガクンと膝を地面につく。自分の無力さに自分で自分が恨めしい。悠馬は今度こそ、絶望の底にたたき落とされる。

するると、ポケットの中でスマートフォンがブルブルと震えた。バイブの長さから察するに、誰かからの電話であろう。

（出たくないけど、誰かくらいは確認するか……）

スマホを取り出し画面を見る。

表示されていた名前に首を傾げた。

（横森からだ。いったい、なんだ……？）

彼女からの電話など今まで一度としてない。連絡があったとしても、メッセージアプリでのひとことふたことのみである。

よっぽどのことである気がした。悠馬は画面をタップすると、すぐに耳にスマホをあてる。

「悠馬、今どこっ」

挨拶《あいさつ》もなしに、いきなり円香の甲高い声が響いてきた。切羽つまった口調は、異常事態を知らせている。

「い、今は……さっきまでは大町先生のアパートにいたけど……」

「大町先生と会ってないの？　本当に？」

信じられないといった感じで円香が声をあげる。

「会ってないよ。もう僕は先生とは会えな……」

「大町先生、いたよ。間違いない、先生本人だよっ」

まさかの言葉に目をまるくした。ぽかんと口を開けたまま、呼吸をするのも忘れていた。

（先生が……大町先生がいただって……っ）

言われて数秒ののち、ようやく意味を理解した。唇や腕がカタカタと小刻みに震えてしまう。

「ねぇ、聞いてる？　急いでっ。早く行って」

呆気に取られたままでいると、円香がわけのわからぬことを口走ってきた。

「い、行くって……どういうことだよ？」

「大町先生を見たのは駅のホームなの。先生、キャリーケース持って上野《うえの》行きの電車に乗ろうとしてた。たぶん、どこか遠いところに行くつもりだよ」

衝撃に衝撃が積み重なる。一瞬、頭の中が真っ白になった。

（どこに行こうとしてるんだ。上野ってことは新幹線か？）

上野駅から出ている新幹線は北に行くもののみである。

そのとき、ふっと一葉が言った言葉を思い出した。

——私は北の生まれ育ちなの。

（先生、もしかして地元に帰るってことなんじゃ……っ）

確か地元の両親はすでに他界していて、実家すらすでにないと言っていた。

帰る場所もないのに、地元になど帰るだろうか。

（でも、東京以外で先生が土地勘のあるところと言ったら、地元しかない）

「ねぇ、聞いてる？　悠馬っ」

返事のない悠馬に痺れを切らして円香が叫んだ。

ハッと我に返った悠馬は、戸惑いつつ返事をする。

「聞いてるよ。その……先生は本当に上野のほうに行ったんだな？」

「うん。もちろん、途中の駅で降りるかもしれないけれど。でも、都心のほうに向かったのは間違いない」

「……わかった。ありがとうっ」

どうすればいいか、考えるよりも先に身体が動いた。スクっと立ちあがって駅のほうを振り向く。

「あっ、待ってっ」

電話越しに円香が呼び止める。

「大町先生ね、なんか……ものすごく悲しそうっていうか、つらそうに見えた。とにかく、いつもの私たちが知っている先生の雰囲気じゃない」

たまに感じていた一葉の影が、いよいよ彼女を蝕んでいるのか。このままでは闇にのまれてしまう気がする。

「……悠馬が救ってあげて。大町先生は悠馬のことが好きだよ。生徒としてでなく異性としてね。大町先生を助けられるのは、もう悠馬しかいないよ。だから、急いで。大町先生、悠馬のこと待ってるよ」

円香の勘がそう告げるのだろう。だからこそ、その言葉は真実に思えた。

これ以上、時間を無駄にはできない。

悠馬は駅へと猛ダッシュする。脈拍はいまだに早いが、そんなことはもはやどうでもいい。

「ありがとう。僕、もう行くよっ」

悠馬はそう言って電話を切った。

身体中の血液と筋肉が悠馬を急《せ》かす。早く駅へ行き、一葉を見つけろと叫んでいた。

（今から行っても、間に合うかどうかはわからない。けど……一分一秒でも早く行くしかないっ）

人を追い越し、対向者をかわし、横から車にクラクションを鳴らされても走りつづける。

一葉に会いたい。

話をしたいし、なによりも顔を見たい。

悠馬はそれのみを求めて、駅前の商店街を走り抜けた。

第六章　白銀に咲いたベゴニア

1

終着駅は雪の中だった。

東京よりも圧倒的に少ない街の灯《あかり》が、降りつづ続く雪を照らして幻想的な光景を演出している。

(そう……これがこの街の冬。私が何度も見あげた雪の空……)

降り立ったホームから鉛色の空を見あげて一葉は思う。

東京とは比べ物にならない寒風は肌を貫き、心の奥底までをも凍らせるかのようだ。

(本当に来てしまった……来たって私を待っている人なんて、誰ひとりとしていないのに……)

両親はすでに他界している。親族ともすっかり疎遠になっている。いまさら顔を出したところで迷惑がられるだけであろう。

しかし、行き先として思いついたのは地元だった。

（心の中に望郷の念があったのかな……）

教職もなにもかもを捨ててしまった。恐ろしく空虚な数日間、一葉は家にいることすら億劫《おっくう》になって安いホテルを転々としていた。

そんな中で思い出されたのは故郷の光景だった。降りしきる雪と白く染まる街、行き交う人は少なく、みなが白い息を吐きながら無言で歩く光景。そんな寂しくて暗い情景が、どういうわけか恋しくなって、一葉をこの地に向かわせたのだ。

（……せっかく来たんだもの。懐かしい場所を見歩くのも悪くはないか……）

すべてを捨ててのひとり旅が、一葉の心身を癒してくれるとは思えない。むしろ、過去と現在とを比較して、より惨めな思いをするだけであろう。

（それでもいい……私に安らぎなどはもう許されない……）

胸の奥に引っかかっているのは悠馬のことだ。彼を求めて想いつづける自分がいた。

(私は不潔で愚かな女……八橋くんを想うのも、思い出すのもダメなんだから……っ)

あまりの未練がましさに自分で自分が嫌になる。これまで何回同じことを繰り返してきたのだろう。

すっかり人気の消えたホームを、一葉はキャリーケースを転がしながらエスカレーターをのぼっていく。

地方都市の玄関口にありがちな、無駄に開放的で洗練されたコンコースが現れた。新幹線専用の自動改札を通りすぎ、とりあえずはメインロである西口へと歩みを進める。

(えっ……?)

ピタリと脚が止まってしまう。身体中が金縛りにあったかのように動かなかった。手放したキャリーケースが勝手にコロコロと動いてしまい、やがてバランスを崩してバタリと倒れる。

ひとりの少年が立っていた。

制服と手にしたカバン、髪型や顔立ちはあまりにも見慣れたものだ。

見間違うはずがない。この目ではもちろんのこと、心の中で四六時中見つめていた相手なのだから。

「な……なん、で……」

声はかすれて震えていた。震えはやがて全身へと波及する。

まばゆい光に照らされたコンコースが、徐々に滲んで歪みはじめる。目頭が熱くなり、鼻の奥がツンとした。

疑問や気まずさ、申し訳なさがこみあげる。

しかし、それらを圧倒するのは想い人に出会えた女としての喜びだった。

「先生……っ」

悠馬が短く呼ぶ声に、雫が頬をゆっくり伝った。

2

降りつづく雪は、街をさらに白く染めていく。

東京に生まれ育った悠馬には、雪の量も寒さも未知のもので、すべてが新鮮に思えた。

「なにもないでしょ。これでもこの県でいちばん大きな街なのよ」

傍らを歩く一葉がいつもの穏やかな声で言う。

「僕は落ち着いていていいと思いますよ。東京はどこもかしこも騒がしいですからね」

悠馬はそう返事をするが、視線は足下に向いていた。踏みしめられた歩道はツルツルのいわゆるアイスバーンになっていて、気を抜くと転んでしまいそうだ。

しかも、靴は学校指定の革靴なので、雪の上を歩くことを考慮されてはいない。事実、転びはしないものの、何度か軽く滑ってしまった。

それでも、悠馬の胸中は幸福に満たされている。

（本当に先生に会えた……無理してやってきてよかったな）

円香からの電話を受けたあと、悠馬は新幹線の駅ではなく羽田《はねだ》空港に向かった。彼女が新幹線を使うのならば、先まわりできるのは飛行機しかないと思ったからだ。

幸いにして父親からは少なくない生活費をもらっている。ふだん無駄遣いしていないことが、今日ほど役に立ったことはない。

「気をつけてね。私たちですらたまに転んだりするんだから」

「ゆっくりと歩けば大丈夫です。かかとから歩けばいいってさっきネットで……うわっ」

言ったそばから靴が滑る。雪の歩道は真っ平らではない。小さな起伏が連続し、傾斜に脚を取られてしまった。

「あっ、八橋くんっ」

一葉がとっさに悠馬の腕をつかむ。

しかし、女ひとりの力で男を支えられるはずがない。そのまま折り重なるようにして、雪の中へと倒れてしまう。

「うぐ……先生、大丈夫ですか」

「私は大丈夫よ。八橋くんこそ大丈夫？　怪我してない？」

「僕は平気です。すみません、大丈夫って言ったくせにすぐに転んじゃって」

倒れると同時、悠馬は一葉を抱きしめていた。転んだ衝撃から守ろうと、彼女の身体が上に重なるようにしていたのだ。

おかげでコート越しに柔らかいものが押しつけられる。厚手の生地を通りすぎて伝わる感触に、思わず顔が赤くなった。

「すみませんでした。もっと気をつけますね……」

湧きあがった煩悩《ぼんのう》を振り払うようにして、悠馬はなんとか立ちあがる。脇に退けていた一葉が手を取り、引きあげてくれた。

「雪の上でよかった。氷やコンクリートだったら大変だったわね。ほら、背中向けて」

言われるがままに背を向けると、コートについた雪をパンパンと払い除けてくれた。そんななにげない優しさが、凍《い》てつく骨身をじわりと温めてくれる。

「……ありがとう。今、私のこと、守ってくれたよね」

一葉がポツリと呟いた。

首だけを振り向けて彼女を見る。陶器のように白い小顔が、ほんのりとピンク色を帯びていた。控えめに見あげている瞳がしっとりと濡れている。その美しくいじらしいさまに、悠馬は思わずドキリとした。

（雪の風景の中に先生って……とてもきれいだな。なにかのポスターみたいだ）

一葉への想いが胸を焦がす。やはり、自分はこの美女のことが心の底から好きなのだ。

「……やっぱり来てみると懐かしいなぁ。お店とかは変わっちゃったけど、街の雰囲気とかはそのまんまね」

一葉はそう言って、ゆっくりと周囲を見わたしている。

「ここが……先生が生まれ育った街なんですね」

不思議な感覚だった。悠馬には縁もゆかりもない土地なのに、なぜか郷愁を感じてしまう。鉛色の空も、遠くが霞むほど降る雪も、悠馬には心地いいものに思えた。

（大町先生の故郷だからなのかな。好きな人の街を歩くって、特別なことだろうし）

雪の中をふたりで並んで歩きまわる。

この居酒屋は子供の頃は本屋だった、交差点角の公園はガソリンスタンドだった、その裏のあるお堀には鯉《こい》が泳いでいて、水面をのぞきこむと寄ってくる、などなど、一葉は住んでいた当時のことを教えてくれる。

（先生、ちょっとずつだけど元気になってきてるな……）

駅で再会したときは、世捨て人を思わせるような絶望的な顔をしていた。それが、徐々に明るさを取り戻して、小さく笑ったりしている。

悠馬には、それがとても嬉しかった。

だが、彼女は突然歩みを止めた。なにかに気づいた様子で、窺うようにしてこちらを見る。

「……ごめんね、私、はしゃいじゃってるね。八橋くんはこの街を知らないんだから、言われてもつまんないよね」

申し訳なさそうなしょんぼりした顔だった。さした傘には雪が降り積もり、艶やかな黒髪にも綿のような雪粒がふわりと乗っている。

あまり見たことのない彼女の表情に、自然と頰が緩んでいた。

「そんなことないですよ。むしろ、いろいろ知れて楽しいです」

悠馬は静かに言うと、そっと手を伸ばして艶髪の雪を払ってやった。

（あっ……マズい。いくらなんでも調子に乗りすぎだ……っ）

無意識の行動に肝を冷やす。こんなことを気安くしていいわけがない。東京で彼女から明確に拒否されていたのだ。非日常の幸福の中で、それをすっかり忘れている。

「ご、ごめんなさい……っ。出すぎたマネして……」

瞬時に手を引き、顔を背ける。焦りと羞恥が綯い交ぜになり、悠馬は耳もとまで真っ赤になった。

「ううん……」

一葉が優しい声色で否定してくる。チラリと視線を彼女に向けた。

「……っ」

悠馬は思わず息をのむ。

一葉の顔は先ほど以上の濃いピンクに染まっていた。整った相貌はしっかりと自分を向いていて、まるで酔ったかのような甘さを湛えている。

悠馬はこの表情を覚えていた。あの夜、肌を重ねたときに浮かべていたものとよく似ている。唯一違うのは、性的な要素がない点だ。

それはまさしく、恋情を滲ませる女のものだった。

「……先生」

嘘ではないと思いたかった。目の前の光景が夢であってほしくないと願った。音もなく舞い降りる雪がふたりを包む。言葉もなく、視線だけを絡めあった。

「…………」

一葉の手が伸び、悠馬の右手をそっとつかむ。ゆっくりと持ちあげられて、手のひらが彼女の頬に触れてしまう。

「……はぁ、温かい」

彼女は静かに瞳を閉じて、添えた悠馬の手に頬を軽く押しつける。

悠馬は身動きひとつしなかった。動けなかったというより、動きたくなかったのだ。自分のような男を相手に、安息を感じてくれる彼女がどうしようもなく愛しかった。一葉の気が済むまでこのままでいたい。

「……あのね、八橋くん、私……あなたから逃げてたの……」

うっすらと瞼を開けた一葉が、視線を落として力なく呟く。

「八橋くんの想いに応えてあげられなくて……私は教師であなたは生徒だから、だなんて言ったけど、そんなことはどうでもよかった。ただ……私は女として八橋くんにふさわしくないと思ったの……私はね、あなたが思ってるようなきれいな女なんかじゃなくて、本当の私は……」

「僕は間違いなくきれいだと思います」

一葉の独白を遮って、悠馬は力強く口にした。

「先生は見た目だけじゃなくて、心の中もきれいです。じゃなかったら、学校でみんなからあんなに好かれないし、僕だってこんなに……」

一葉の頬からかすかな震えが伝わった。見つめている瞳に潤みが増す。

悠馬はもう片方の手で彼女の二の腕あたりをそっとつかんだ。

少しだけ力をこめる。

一葉が決して離れないように、もうよけいなことを考えないようにと願いながら言葉を続ける。

「先生にどんな過去があるのかはわかりません。けれど、それを悔いているなら……もういいじゃないですか。それに、僕にはどうでもいいんです。だって、重要なのは今の先生と……これからのことなんですから……」

一葉の前髪が細かく揺れる。頬に添えた手が握りしめられ、かすかに開いた唇は震えていた。

「だから、言わせてください……」

恥ずかしさや緊張は不思議と感じない。そんなものがつけ入る隙など意識のどこにもありはしなかった。

悠馬は言う、あの夜と同じことを。彼女をしっかりと見つめながら、本気の想いを言葉で捧げる。

「好きです、先生が……自分でも呆れるくらいに、どうしようもないくらいに好きなんです……っ」

舞い散る雪の量が増していた。雪は外界を切り離し、ふたりを真っ白な世界で包みこむ。車の音も街の喧騒《けんそう》も聞こえているのに知覚できない、時間の感覚すらあやふやな、不思議な世界だった。

「八橋くん……」

瞬きも忘れて見つめあったすえ、一葉がポツリと名前を呼んだ。

宝石を思わせる大きな目から、ひとつの雫がこぼれおちる。ひとつ、ふたつと流れ落ち、やがてはふたつの流線となった。

「先生……っ」

悠馬の言葉は途切れてしまう。

一葉が胸もとに顔を押しつけるように抱きついた。背中に腕をまわして、両手でギュッとコートを握りしめてくる。肩と頭は不規則に震え、途切れとぎれに嗚咽が漏れていた。

悠馬はなにも言わなかった。言葉などもはや必要ない。

一葉の背中に手をまわす。続けて、右手だけを彼女の後頭部にそっと置いた。シルクのような黒髪はひんやりしている。だが、甘い香りとともにじわじわと温かさが滲んできた。

かつてないほどに一葉を、愛しい女性を感じている。

望みつづけて本当に叶った幸福を、悠馬は壊れないように優しく、しっかりと抱きしめた。

第七章　ナズナは雪の夜に狂い咲く

1

雪国の夜の訪れは東京よりも早い。そして、驚くほどに静かだった。

雪は今もしんしんと降りつづいている。ふわふわと舞い降りる綿雪は、この地の厳しい冬の中にあって、数少ない優しさのように悠馬には思えた。

「そんなところにいたら、風邪引いちゃうよ」

一葉の、鈴の転がる声がした。

「そうですね……でも、東京ではこんな光景、なかなか見ないから……」

窓辺の椅子に腰かけながら、悠馬は窓の外をぼんやり眺めていた。

雪明かりに照らされた街は、ぼんやりと青く見える。東京の夜の明るさとは質が違った。美しくて儚い明るさに、すっかり心を奪われている。

「先生はこの光景を、ずっと見つづけていたんですね」

「そうよ。当時は寒くて寂しいだけだと思ってたけど……今になって見てみるときれいね……」

そう言ってふふっと笑った。

悠馬は一葉に連れられて小さな旅館に宿泊していた。一葉が生まれる前からあったというこの旅館が気になっていたのだという。

チェックインするときは緊張した。悠馬はひとめで高校生だとわかる格好だ。いぶかしがられて、場合によっては宿泊拒否されてもおかしくはない。実際、女将《おかみ》と思われる女性にはチラチラと好奇の目で見られた。

だが、彼女は意味深な微笑みを浮かべて宿泊を受け入れてくれた。気まずさは感じるも、素直にありがたい。

（しかし……気遣いしすぎなんじゃないかな……）

チラリと部屋のほうへと目を向ける。

ある程度年季の入った畳の上には、すでに布団が敷かれていた。チェックインした直後、布団を敷いてくれていたのだが、ふたつがぴったりとくっついている。

「ふふっ、旅館の人たち、私たちを訳アリのカップルだと思ってるんだよ」

一葉が苦笑ぎみに言うと、そっと悠馬の肩に手を置いた。静かに膝立ちになり、同じ目線の高さになる。

「まぁ……確かに否定はできないけどね。普通のカップルかと言われれば、そうじゃない気はするし」

「……先生は、やっぱりそういうの気にしますか」

悠馬が窺うようにして言うと、一葉は数瞬《すうしゅん》キョトンした顔をする。

だが、すぐに顔を綻ばせ、甘い声で囁いてきた。

「気にしないよ。するわけないじゃない。だって……こうなることを私も望んでいたんだし」

湯あがりの水気を帯びた甘い香りが漂っている。潤んだ瞳がなにかを求めていた。それに気づかぬほど悠馬は野暮ではない。

どちらからともなく顔を近づける。唇に柔らかいものが触れた。弾力とともに伝わってくるのは、一葉の秘めていた情念だ。

「んっ……先生……」

軽く触れあうだけのキスを解き、夢見心地で彼女を見る。

すでに蕩けはじめている一葉の瞳は、しっかりと自分を見つめていた。かすかに開いた唇が、か細い声を伝える。

「……もっとしよう」

一葉の腕が身体に絡みつき、すぐに唇が押しつけられる。

子供の悪戯《いたずら》のようなキスではない。唾液を纏った軟体が唇を割ってきた。艶めかしく動きまわって、情熱的に悠馬を求めてくる。

「んん……はぁ、ぁ……んちゅ……」

悩ましい吐息が静かな室内に漏れ響く。舌を絡めあう水鳴りは徐々に情熱を増してきた。

（なんてエッチなキスなんだ……ああ、たまらない……）

気づくと一葉の頭に手をかけていた。彼女の背中にもう片方の手をまわし、ググッと引き寄せる。

「んあ、ぁ……もっとして……もっと私とつながって……」

一葉がしがみつくように抱きしめてくる。舌がさらに深くまで忍びこみ、悠馬の舌と唾液を求めて動きまわる。

（すごい……この前のキスなんかとは比べ物にならない……）

情念を宿した本気の口づけだった。キスなどという簡単な単語では言い表せない。言うなれば、粘膜同士の絡ませあいだ。あまりの多幸感に意識が遠くなりそうだ。

「あ、ぁ……止まらないの……八橋くん……っ」

情感たっぷりに首を傾げて、舌どころか唇までをもねじこんでくる。悠馬の唇を上下それぞれに挟んでは舐めまわし、唾液ごと舌や唇を吸ってきた。

唾液を注がれ攪拌されて、たまらぬ甘露が生成される。喉を通ると、全身がぼんやりと熱くなった。

（先生の身体、震えている……）

しがみつく腕も抱きしめる胴体もビクビクと震えていた。

浴衣が徐々に開け、豊満な乳房の上半分が露出している。外の新雪を思わせる白い曲面は、柔らかさと弾力とを表すようにぽよぽよと揺れていた。

（先生……ブラしてないのか……）

もう少し開けてしまえば乳首が姿を現すだろう。よくよく見ると、浴衣の襟《えり》はふくらみきった乳頭に引っかかっている。

「んあ、ぁ……はぁ、ぁ……ねぇ、キスだけじゃ……」

悠馬の唇を舐めながら、一葉が蕩けた声色で囁いた。

乗っかるだけだった浴衣が肩から滑りおちていく。真っ白な肩は艶やかで、ぼんやりと部屋の照明を反射した。

浴衣がパサリと音を立てて、上半身をむき出しにする。

悠馬は口づけを解くと、目を見開いて彼女を見た。

「……本当にきれいだ……すごいです……」

言葉は無意識だった。

あの夜に見た一葉の裸体がそこにはあった。柔らかい光を放つ白い肌、左右それぞれが両手でようやく包めそうな乳丘、はちきれそうなまでにふくらんだ乳蕾がさらけ出されている。

（先生の表情がこの前以上に色っぽくて……ヤバいな、頭がおかしくなりそうだ……っ）

唾液に濡れ光る唇をかすかに開いて、とろんとした瞳でこちらを見つめる。目もとも頬も桜色に染まり、烏の濡れ羽色の長髪がところどころ乱れていた。その表情はあまりにも凄艶だ。

「せ、先生……」

「早く触って……いっぱい撫でて……私の心はもう八橋くんでいっぱいだから……今すぐに身体を……八橋くんで染めて……っ」

熱烈な懇願に、悠馬の欲求が弾け飛ぶ。椅子を弾き飛ばして一葉に抱きつく。黒髪をかき分けて、覗いた首すじにしゃぶりついた。

「ああっ。八橋くん……はぁ、ぅんっ」

甘い呻きに耳朶が痺れる。ふつふつと血液が沸騰していくようだった。

(先生は僕のもの……僕の女なんだ。こんなに嬉しいことなんてないっ)

鼻息荒く白い肌を舐めまわす。しっとりと汗ばんだ肌からはふわりと甘い香りが漂って、鼻腔と口腔とを満たす。濃厚なフェロモンに、本能はますます昂ってしまう。

「ま、待って……ここじゃ寒いわ。お布団に行きましょう?」

湿った吐息を漏らしつつ、一葉が手を引いて敷かれた布団へと誘った。

彼女が腰を下ろすと同時、悠馬はたまらず押し倒す。清潔なシーツに黒髪がひろがる。少し驚いた表情の一葉だったが、すぐに優しくも蠱惑的な笑みを浮かべた。

（そんな表情されたら……っ）

あまりの艶姿に息をのむ。ただでさえ速かった鼓動がさらに加速して、血液が激流となって全身をめぐる。

「好きにして……私なんかを愛してくれるなら……どこまでも求められたい」

一葉の手が伸びてくる。指先が頬に触れ、首すじを伝って胸板へと重ねられた。しっとりとした手のひらが情感たっぷりに撫でまわす。こそばゆさはすぐに愉悦へと昇華した。

「先生……僕、たぶん、本当に止まらないと思います」

一葉に覆いかぶさりながら悠馬が言うと、彼女はコクリと頷いた。

「それでいいのよ……そうしてほしいの……」

濡れた瞳が寸分もぶれることなくまっすぐに見つめてくる。熱くて甘い吐息が頬を撫でてきて、もはや我慢はできなかった。

「はぁ、ぁ……大町先生っ」

悠馬は叫ぶと同時に一葉の唇を奪ってしまう。自分から彼女にキスするのは初めてだ。

一葉が施すような大人の濃厚なキスなどまだできない。本能の赴くままに荒々しく求めてしまう。

「んん、ふっ……八橋くん……ああっ、素敵よ……っ」

乱暴なほどに舌を舞わせて、あふれた唾液が一葉の口もとを汚してしまう。それでも、彼女はいやがらない。むしろ、そんな状態すら愛おしいとでも言うかのように、しっかりと舌を絡ませてはヌルヌルの唇を擦りつけてくる。

(先生とのキス、気持ちよすぎる……ずっとしていたい……けど)

一葉の求めはキスだけではない。身体を奪ってほしいと言っていた。愛しい女の希望ならば、それには全力で応えねばならない。

胸板の下でふよふよと揺れ動く巨大な乳房に手を伸ばす。少しだけ脇に流れた乳肉をすくい取り、たっぷりと揉みまわす。

「んっ……んぐっ……あ、ぁ……はぁ、ぁ……」

つなげた唇の隙間から控えめな嬌声があふれでる。せつなそうにたわむ眉、うっとりと閉じられている瞼、表情は恍惚としたものになっていた。

(先生の表情と声と……このおっぱいの感触と……気を抜くと出てしまいそうだ……っ)

すでに勃起は浅ましいほどの硬さとなっている。先ほどコンビニで買った真新しいパンツには、漏れ出たカウパー腺液が表面にまでとろみを滲ませていた。よくよく考えると、一葉がいなくなってから今日まで、一度も自慰をしていない。

(これじゃ、入れる前に出てしまうかも……)

恋仲になって初めての閨《ねや》ごとで、みっともない姿だけは晒したくない。悠馬は乳房の柔らかさを堪能《たんのう》しつつ、股間のほとばしりに注意した。

「はぁ、ぁ……触り方がエッチ……ふふっ、もしかして、あのあとで誰かとエッチしたのかな？」

恍惚の表情を浮かべながらの質問に、悠馬はギクリとした。無意識に身体が小さく跳ねて、弄る手が止まってしまう。

「そ、そんなことないですよっ。先生の家でしたのが最後で……」

否定の言葉はどこか不自然な言い方になってしまう。気まずさがこみあげて、たまらず視線を逸らしてしまった。

「……ふふっ。じゃあ、そういうことにしておいてあげる」

数瞬、キョトンとした一葉だったが、すぐに慈悲深い女の笑みを浮かべてきた。おそらく、悠馬が嘘を言っていることに気づいたのであろう。

「……僕は先生だけが欲しいんです。先生以外の女の人とのエッチなんて……もう……」

悠馬が言うと、一葉の人さし指が唇にあてられた。なにも言うな、ということらしい。

「じゃあ、いっぱい求めて。おっぱいも……もっと強く揉んでいいから」

流れるように白い両腕が首に巻きついてくる。後頭部と背中がゆっくりと撫でられた。慈しみの行動に、悠馬の胸中は熱いものでいっぱいだ。

「ああっ、先生……っ」

言われるがままにすくい取った乳肉を揉む。しっとりとした柔肌が指に吸いつき包みこむ。ふわふわの白丘に指はどこまでも沈みこんだ。

「うあ、ぁ……おっぱい、すごいジンジンしちゃう……あ、はぁ……っ」

「先生、痛くないですか。大丈夫ですか……？」

巨乳の変形ぶりに悠馬が心配すると、一葉は熱い吐息を漏らしながらコクリと頷いた。

「大丈夫……だよ……ああ、ぁ……ねぇ、もっと捏《こ》ねて……」

発情の色合を増した表情で悠馬を見つめる。

求められた以上は、それに応えなければならない。悠馬は生唾を飲みこむと、両手でグニグニとたわわな乳肉を揉みこむ。

「はぁ、っ……あ、ぁ……気持ちいい……うぅ、ん……」

仰向けの身体が快楽に悶えはじめる。暖房の駆動音と煽情的な吐息、シーツの擦れる音が室内で静かに響き、空気をますます淫蕩なものへと変えていた。

（乳首、ものすごく突き出てる……ああ、突起もまわりもパンパンに張りつめていて……っ）

誘うように飛び出た乳頭を本能が渇望した。気づくと、悠馬は口を大きく開いて乳輪ごと食らいつく。

「んひっ。あ、ああっ……そ、そう、乳首も……ああ、いっぱい舐めて、ペロペロしてぇ」

媚びるような声を響かせて、一葉が胸を突きあげる。

(コリコリに硬くてたまらない。母乳なんて出てないはずなのに、甘い気がする)

沸騰する牡欲が、錯覚を生み出しているのかもしれない。それほどまでに、一葉の乳房に夢中になっていた。

左右の乳房を寄せ合わせて、それぞれの乳首を舐めまわす。乳蕾や乳輪はもちろんのこと、そのまわりの柔肉までも舐めしゃぶった。舌先で弾いては、グリグリと押しつけて、前歯で軽く挟んでしまう。

「んあ、あぁっ。それ、すごく感じちゃう……あ、あぁ……はう、んっ」

一葉が白い首を仰け反らせて、短い叫びを繰り返す。後頭部を撫でていた手がビクビクと震えて、髪の毛をかきむしりはじめていた。

一葉をさらに感じさせたい。悠馬はその一心で乳房への口唇愛撫を続ける。

「は、ぁあっ。ダメっ……そんなに感じさせちゃ、あ、あぁんっ」

一葉の白い身体は、ますます悶えを激しくしていた。瞼は喜悦をこらえてギュッと閉じられ、濡れた唇からはかみしめた白い歯がのぞいている。

柔らかく艶やかな白肌にはじわりと汗が滲み出て、甘い体臭が濃度を増していた。鼻腔に充満する芳香に意識が遠のき、クラクラしてしまう。

(腰が揺れてる……なんていやらしい動きなんだ……っ)

気づくと一葉の下半身は、わずかながらに上下左右に揺れ動いていた。

帯からは下は完全に開けていて、真っ白な太ももも、淡いピンクのショーツもしっかり露出してしまっている。

(もう、ダメだ……もうおっぱいだけじゃ我慢できないっ)

悠馬は下半身へと身体を移動させると、むき出しになった太ももに手を滑らせた。

すべすべの白肌はみっちりと肉がつまって弾力性に富んでいる。しかし、ただ瑞々しいだけでなく、様々な経験を経た女性特有の艶やかさも併せ持っていた。悠馬と同年代の女子たちには決して真似《まね》できない、女ざかりを迎えた女だけが持てる魅力である。

「はぁ、ぁ……うぅ……」

一葉はなにも抵抗しない。顔を赤らめ、心細そうな瞳で悠馬を見つめている。

（あのショーツの奥に……先生のおまんこが……）

あの夜はあまりの興奮に余裕がなく、一葉の秘唇をしっかりとは記憶していない。いったい、彼女の淫華は今、どのように咲き誇っているのだろう。

考えるだけで身体中が沸騰し、呼吸は激しさを増してしまう。

「ね、ねぇ……八橋くん……」

ふい一葉が弱々しい声で名前を呼んだ。

「私ね……その……以前も言ったけど、そんなにきれいじゃないから……だから……あんまり期待なんかしないでね……」

美しい瞳が懇願するように見つめていた。潤みは甘さを湛えて蠱惑的に輝いている。

「そんなこと気にしないでください。僕は……先生のだから見たいんです」

悠馬は本心からそう言うと、ついに指先をショーツのゴムひもに引っかけて、ゆっくりと滑り下ろしていく。

サテン生地のような薄布が、舐めるように肉感たっぷりの太ももを滑る。

こんもりとした恥丘が現れ、慎ましい茂みが顔を出す。ふわりと甘さの中に生々しい香りが漂ってきた。

（いよいよ……先生のアソコ……おまんこが……）

鼠径部が露《あらわ》になり、今日何度目かわからない生唾を飲みこんだ。

はぁと熱いため息をひとつつく。震えの大きくなった指先を、今一度しっかりと引っかけ直し、ついに薄布を完全に退けた。

「ふぅ、ぅ……んく……」

膣口とショーツが離れた瞬間、一葉の下腹部かピクンと跳ねた。

同時にプチュっと蜜鳴りがして、透明な細糸がクロッチ部分から伸びては霧散した。

「はぁ、ぁ……はぁっ……先生、すごい……」

現れた一葉の聖域に、悠馬はそれ以外の言葉が思いつかなかった。

可憐な花、などでは決してない。それはまさに肉の穴とも言うべき生々しさだった。

左右で均一の肉厚の花弁は茶褐色にくすんでいて、ぱっくりと開いている。その上部には肉芽が小指の先ほどにまでふくれていて、包皮を完全に脱ぎ捨てていた。

そして、それらに囲われた淫膜は、目眩がするような鮮やかなピンクに染まっている。ぽっかりと開いた膣口がクチュクチュと粘着音を響かせながら、絶え間なく息づいていた。そのたびに、濃厚な発情臭を放つ粘液を湧出《ゆうしゅつ》し、大きな雫となってはゆっくりと垂れていく。

もはや、息をするのも忘れるくらいの衝撃で、狂おしいほどに本能をかき乱す光景だった。

「ご、ごめんね……こんな汚いアソコで。だから……あんまり見ないで……」

開かせた脚の間から覗く一葉は、両手で顔を覆って羞恥に呻いている。

そんな彼女に、とてつもない愛おしさがこみあげた。

「汚くなんかないです。すごく魅力的で……ずっと見ていたいくらいで……でも……」

男としての本能はついに臨界点を突破した。

見ているだけで満足できるはずなどない。悠馬は両脚をグッと開かせる。

「きゃっ」と慌てる一葉の声を無視して、牝欲を滾らせる淫膜へと顔を近づけた。

満開の淫華へ躊躇《ちゅうちょ》することなく口づけする。

「ひぃ、ぃんっ。ダ、ダメっ、八橋くん、それは……あ、あああっ」

信じられないといった感じで、一葉が甲高い悲鳴をあげた。

だが、その声はすぐに女の愉悦のものへと変わる。代わりに腰をビクビクと跳ねあげていた。

(熱くて、少し鉄くさくて……でも、なんだろう。この味、少しもイヤじゃない。むしろ、もっともっと欲しくなる。これが先生の味なんだ……っ)

熟れた果肉を思わせる媚膜は芳醇なことこのうえないぃ。悠馬は本能の赴くままに一葉の陰唇へ濃厚かつ激しいキスを見舞う。

「はぁ、んっ……あ、ああっ、な、中まで……ひぃんっ」

こみあげる快楽に一葉は最後まで言葉を紡《つむ》げていない。

代わりに、淫膜が舌戯に呼応して、大きな収縮を繰り返していた。挿しこんだ舌をキュンキュンと締めつけて、存在をさらに感じたいとばかりにうねっている。

(エッチな液がいっぱい出てきて……飲んであげなきゃ)

湧出する牝蜜を舌でこそいで嚥下《えんか》する。それだけでなく、唇を窄めて啜り飲んだ。ジュルルと下品な音が響いてしまい、一葉が驚愕に声をあげる。

「ダメぇっ。そんなことしちゃダメなのっ。ああっ、やめてぇ……そんな汚いの飲んじゃダメぇ……っ」

「汚くなんかないですっ。先生のだから飲みたいんです。先生のものならなんでも感じたいし欲しいんですっ」

悠馬がそう言うと、一葉は観念したのか「ううっ」と恥ずかしそうに呻きをあげる。そして、すぐに甘い煽情的な声色を響かせた。

(匂いも味もエッチすぎてたまらない。もうわけわかんなくなってきた……)

ときおり、息継ぎを交えつつ、貪るように淫華を堪能する。

一葉は腰をビクンと何度も震わせて、しまいにはゆらゆらと卑猥な腰振りを見せはじめた。振り幅は徐々に大きくなって止まらない。

（先生をもっと感じさせたい。もっと、全身で僕のことを感じてほしい）

悠馬は媚膜を舐めしゃぶりながら、ふよふよと揺れ動く乳肉を再びつかむ。すぐさま頂点の突起に指をかけ、キュッと摘まんで転がしてみる。

「うあ、あぁぁっ。お、おっぱい今はダメっ……はあ、ぁ……感じちゃうっ、感じすぎちゃう！」

背中を反らせて身悶えする。巨大な乳房がブルブルと弾み、滲み出た汗で卑猥な照り輝きを放っていた。

（なんてエッチな姿なんだっ。こんなに感じてくれているなんて……幸せすぎるっ）

愛しい女を快楽に悶えさせるのは、これ以上ないほどの喜びだった。

悠馬はますます昂って、今度は舐めこそいでいた膣膜に指を一本忍ばせる。

瞬間、一葉の全身が跳ねあがる。甲高い悲鳴が室内にこだました。

「はあ、ああんっ。ぐぅ……ん、あ、ああっ」

（ああっ、すごい締めつけだ……中がとっても熱い……っ）

舌の届かぬ蜜壺の内部は、驚くほどの熱さに蕩けていた。

愛液にまみれた媚肉が瞬時に指に絡みつき、媚びるように蠕動する。膣口は挿入に歓喜して、きゅうきゅうと何度も締めつけを繰り返してきた。

「先生、痛くないですか」

「う、うん……とっても気持ちいいよ……あ、ああっ。そこ、いいよぉっ」

陰核の裏側あたりのザラザラした部分を指で押す。それだけで一葉は下半身を鋭く跳ねあげた。

顔はすでに真っ赤に染まり、汗ばんだ額や頬には黒髪が貼りついている。ときおり、頭を振り乱すのが恐ろしく劣情をあおっていた。

「ここですね。いっぱい感じてください。先生のエッチな姿、僕に全部見せてくださいっ」

悠馬は逸る気持ちをそのままに、指の腹で敏感なポイントを刺激しつづける。

一葉の反応が刻一刻と激しさを増していた。漏れ出る愛液はおびただしく、股間どころか臀部にまでひろがっている。とろみの強い雫がひとつふたつとシーツに垂れ落ち、卑猥な染みを描いていた。

「はぁ、あぁっ。ダ、メっ。それ以上されたら……あ、あぐぅ！」

一葉の言葉を無視して、指をもう一本追加する。二本を束にして刺激を加えると、彼女の反応はさらに凄まじいものになった。

「ねぇっ、待ってて、待ってて。ダメなのっ、このままされたら私……っ」

全身を激しく震わせ一葉が制止を懇願する。

しかし、悠馬はもはや止まらない。あの夜とは比べ物にならない一葉の乱れた姿に、本能が制御できなかった。愛しい女の牝としての姿を求めて、ついには陰核にキスをする。

「ひぃいいいっ。あ、ああ、あああっ。ダメぇぇぇ！」

旅館中に響きそうな絶叫をあげ、一葉が腰を突きあげる。振り払われまいと必死にしがみついた悠馬は、乱暴にならないよう慎重に、しかし的確に牝芽を舐めては吸引した。

（先生、どこまで乱れるんだ。あの大町先生が、こんなにエッチな反応するなんて……っ）

ある種の感動に支配された悠馬だったが、喘ぎ乱れる一葉の変化に気がついた。

膣壁がぷっくりとふくらみはじめている。ふくらみは急速に大きさを増し、まるで風船を思わせた。

(まさか……)

ネットで聞きかじった知識が脳裏をよぎる。

あの情報が確かならば、ここままだと……。

「はあ、ぁあんっ。ねぇ、抜いてっ、弄るの待ってて。じゃないと私、八橋くんに……!」

「ダメですっ。抜きませんっ。先生、このまま我慢しないでっ」

ガクガクと壊れた機械のように戦慄く股間に追い打ちをかける。

クリトリスを舌の腹で強く押し、ふくらんだ媚膜をグッとこそいだ。

その刹那だった。

「ぐっ……あ、ああっ……イク、イグぅ! あ、はぁ、あああぁ!」

全身が硬直し四肢がピンと張りつめる。

瞬間、喜悦の激しさを物語る勢いで、淫裂から飛沫《しぶき》が上がった。

(やっぱり……あのふくらみは潮噴きの前兆だったんだ)

ビチャビチャと噴出する淫水が顔面に降り注ぎ、前髪どころか胸もとまでびっしょりになってしまう。

しかし、悠馬は微動だにせずにすべてを浴びた。

(先生が僕の手マンとクンニでここまでエッチになってくれたんだ……信じられない……)

熱い牝液は徐々に勢いを失って、最後はちょろっと流れて終わりを迎えた。突きあがっていた一葉の腰が、水たまりにベチャリと落ちる。そのまま弛緩《しかん》して、はぁはぁと荒い呼吸を繰り返した。

「先生……大丈夫ですか……?」

前髪から滴る潮を手のひらで払って、おずおずと一葉の顔をのぞく。

究極の羞恥に彼女は鎖骨あたりまで真っ赤にしていた。汗に濡れた腕で目もとを覆って、表情を窺うことはできない。

「う、うぅ……ごめんね……私、こんな身体なの……」

弱々しい声で途切れとぎれにに彼女は言う。

「私は……本当は下品な女なの。イキそうなときにずっと弄られてると、簡単に潮を噴いちゃうの……汚い姿を見せただけでなく、思いっきりかけちゃった……本当にごめんなさい……」

今にも泣き出しそうな様子の彼女に、悠馬は浴衣で顔を拭ってから、腕をつかんでそっと持ちあげた。

「僕、素直に嬉しいです。先生がイッてくれたうえに潮まで噴いてくれて……もっともっと先生が愛おしくて……たまらないほどに大好きです」

歯の浮くようなセリフも今はしっかりと言わねばと思った。

一葉がチラリと目を向ける。淫悦をほとばしらせた瞳が揺れて、妖しくも美しい輝きを放っていた。

「……八橋くん、もしかして変態さん？」

予想外の言葉に目が点になる。

しかし、そんな返しが面白く思えて、悠馬は思わず微笑んだ。

「そうかもしれない……いや、たぶん、そうです。先生が好きすぎるから、先生のとんでもないくらいにエッチな姿が見たいから……きっと僕は変態です」

一葉はじっと悠馬を見つめていた。

しかし、数秒ののち、ふふっと小さく笑った。

「じゃあ……私たち、変態カップルだね」

一葉は悠馬の頭を抱えると、ねっとりとキスを施してきた。悠馬も応えて、舌を伸ばして絡めあう。互いを味わうような濃厚な口づけだ。

（ううっ……もう我慢できない……チンコが爆発しそうだ……っ）

勃起は絶えず脈動を繰り返し、早く喜悦を得たいと騒いでいる。先走り液はおびただしく、パンツの中はヌルヌルだ。

（このまま……いいよな）

キスをしながらパンツを脱ぐ。解放された肉棒が、重い衝撃とともに跳ねあがった。

「んあ、ぁ……入れて……そのまま、早くぅ……」

察した一葉が自ら脚を開く。ビクつく腰を揺らして、陰唇をクッと突き出した。

「先生……っ」

張りつめた亀頭が泥濘に触れ、ググっと腰を押し出していく。

瞬間、鼠径部から全身へと圧倒的な悦楽が痺れとなってひろがった。

「うあ、ぁっ……くぅ、ぅ……んあ、ああっ」

唇を解いた一葉が甘い声を響かせながら白い喉を反らして細かく震える。漂う彼女の芳香が濃さを増した気がした。

（ああっ……気持ちよすぎるっ。チンコが溶けそうだ……っ）

灼熱の蜜壺は、途方もないほどの柔らかさで勃起を迎えた。蕩けた媚肉で勃起の隅々を覆ってきて、キュキュっと締めつけ蠕動してくる。あまりにも刺激的で深い愉悦だった。

「うぐっ……ダメだ……こんな気持ちいいの、もたない……」

肉棒はまだすべてが埋まっていない。強烈な快楽に腰が止まってしまっていた。

「いいから……出したいときに出していいから……我慢しないで……いっぱい私で気持ちよくなってぇ……っ」

一葉が腰をしゃくりあげ、自ら勃起を誘った。弾みで牡槍が膣奥へズブっと埋没する。

「うあ、ぁっ……先生の奥が……」

敏感な亀頭に一葉の聖域が触れている。それだけで意識が遠のきそうな多幸感に見舞われた。勃起の脈動は凄まじく、ビクビクと寸分たりとも脈動を止めない。

「私も感じる……八橋くんの硬くて大きいのが、私の中いっぱいになって……ねぇ、動いて。私に八橋くんをたたきこんでほしいの。私を中から八橋くんまみれにしてぇ」

蕩けた声と瞳で懇願する。膣膜は断続的に締めつけを繰り返し、彼女が本能で悠馬を求めているのがわかった。

「先生、僕、本当に止まらないと思いますから。気遣いなんて、できないですよ」

「いいよぉ。いっぱい私を求めて。どれだけ激しくされても八橋くんなら……んあ、あぁぁ！」

言い終わるより先に、力強く突き出した。一葉の叫びと重なるように、ぶちゅっと粘液が弾け飛ぶ。

(ううっ……前回のエッチより気持ちいいぞ。なんだこれ、全然違う……っ)

多少の経験など霧散した。童貞を捨てたとき以上の興奮と喜悦が悠馬を襲う。圧倒的な激悦に繰り出す腰が止まらない
「あ、ああ、ああっ。すごいよっ……八橋くんが奥まで来てるっ。こんなのダメぇ。幸せすぎるよぉ」

発情した牝と化した一葉は、蕩けた瞳でだらしなく微笑みを向けていた。抱えつづけていた悠馬の頭を引き寄せて、再び口づけを迫る。法悦の喘ぎを繰り返す唇は閉じることなく、舌だけを伸ばして艶めかしく動きまわった。こぼれ落ちる唾液は気にも留めていない。

(おまんこだけでもおかしくなるほど気持ちいいのに、ディープキスまで一緒だなんて……うう、もう我慢できない……出てしまうっ)

急速にこみあげる射精欲求に抗えるだけの力などない。悠馬は本能に忠実な腰遣いのまま、叫ぶように一葉に言った。

「あぁっ、先生マズいですっ。僕、もう……っ」

射精の直前まで彼女を堪能したかった。ギリギリまで突きつづけて、恥丘あたりに噴射すればいい。かすかに残る理性でそう思った。

だが――。

「うぐっ、せ、先生っ。放してっ、このままだと」

「だからよっ。出して……出してよぉっ。私の中に全部出してっ、中出ししてっ。私に八橋くんを全部ちょうだいっ」

一葉が腰に脚を絡めて、力いっぱいにしがみつく。自ら膣奥を押し出して、乱暴なまでに振りたてた。

グチュグチュと淫猥きわまる音色が響く。真冬とは思えない灼熱の空気がふたりを包んだ。強烈なまでの牝の香りが部屋中に立ちこめる。

「あ、ああっ……出るっ、出るぅ！」

「ちょうだいっ、八橋くんの熱いの、いちばん奥にいっぱいちょうだいっ。あ、あああぁ！」

牝の叫びと牡の号砲が混ざりあう。

きつく抱き合いながら、ふたりそろって大きく身体を震わせる。

爆ぜるような衝撃とともに、大量の精液が噴きあがった。

「あ、ああっ……熱いの来てる……っ。お腹がジンジンして……はぁ、ぁ」

悠馬の頭と背中に爪を立てながら、一葉がカタカタと硬直する。射精とともに彼女も果てていた。

（うう……すごすぎる……こんなに気持ちよくて強烈な射精、今まで経験したことないよ……）

ビクンビクンと蜜壺内で勃起が何度も跳ねあがっていた。一週間分の精液はいまだにすべてを吐き出せていない。

悠馬も一葉も汗が噴き出てびっしょりだった。ふたりは互いの汗と濡れた肌、熱い吐息を重ねつつ、法悦の果てに漂いつづけた。

2

絶頂の余韻と未知の多幸感に一葉は酔いしれていた。

（こんなのダメ……おかしくなっちゃう……ううん、もうおかしくさせられちゃってる……）

激しく大きな脈動がたわわな乳房を揺らしている。汗に濡れた素肌や髪の感触が、一葉の淫猥さをかきたてた。

「先生……ごめんなさい。我慢できずに中に……」

呼吸を乱しながら、悠馬が申し訳なさそうに言う。

「なんで謝るの。私が出してほしいって言ったんだから、いいんだよ。それに……お腹に精子がたっぷりたまってる感覚がしてね……すごく幸せなの……」

重なる腰の間に手を挿しこんで、慈しむように下腹部を撫でまわす。熱さがじわりと全身にひろがって、それだけでたまらぬ愉悦となっていた。

「ねぇ、八橋くん」

悠馬の耳もとでそっと囁いた。湿った吐息で耳朶を撫でると、彼の身体がビクリと震える。

（もう私、我慢できないよ……八橋くんに私のすべてを知ってほしい……私のいやらしい本性、受け入れてほしい……）

自分の淫らさをさらけ出しても、彼ならば受け入れてくれる確信があった。本気で愛してしまった少年に、自分が今、施せるものは熱烈なまでの淫戯である。

一葉は一拍置くと、続きの言葉を囁いた。

「私ね、八橋くんのことが本当に好き。こうなることをずうっと望んでた……だからね……」

一葉はゆっくりと起きあがると、蜜壺から勃起を抜き取る。

いくぶん、興奮の鎮まった肉棒は、互いの淫液にまみれて卑猥な姿をしていた。そっと手を伸ばしていく。五本の指を巻きつけて、ゆっくりと擦過した。

「うぐっ……あ、あぁ……」

蕩けきった悠馬の表情が苦悶に歪む。ビクビクと腰が跳ねあがるさまが、牝の欲望をことさらに刺激した。

「もっと……エッチなことさせて。欲しいの……どこまでも八橋くんが欲しくて……たまらないの……っ」

感きわまって言ってから、一葉は上体を折り曲げる。

妖しい光と性臭を放つ牡槍の先端に、唇をそっと押しあてた。そのままねっとりとのみこんでいく。

「うあ、あっ……せ、先生……ううぅ……」

なにかを言おうとした悠馬を制するようにして、一葉はあっという間に勃起のすべてを口に含んだ。

互いの淫猥な香りが鼻の奥に充満して、クラリと軽い目眩を起こす。あまりにも甘美な感覚だった。

（これが八橋くんのオチンチンの味……ああ、いっぱい味わいたい……）

細かく跳ねる腰に手をまわして、一葉はストロークを開始する。纏わりついた淫水ごとからめ捕り、ゴクリと喉に流しこむ。

「ああ……先生、そんな……うぅ……」

悠馬が信じられないといった感じで呼吸を震わせて見下ろしている。視線が肌をピリッと刺激し、官能をさらに昂らせた。

（私はこんなことしかできないから……そのぶん、骨抜きになるまで気持ちよくしてあげなきゃ……っ）

唾液をためた口腔でグシュグシュと牡棒をしごきつづける。若い肉竿はあっという間に威容を取り戻し、一葉の粘膜を押し広げていた。息苦しさがこみあげるが、それすら極上の淫悦だ。

「はぁ、ぁ……とっても硬くて熱くて……んんっ……私、これ好きぃ……」

咥えて首を振りたてるだけでは物足りない。肉幹を側部や裏側から唇と舌で愛撫する。重そうに揺れ動く陰嚢を舌で転がして、同時に亀頭を指と手のひらで弄った。

「うぐ、ぅ……ああ、気持ちいいです……こんなの……ああっ」

「嬉しい……もっと感じて、もっとオチンチン震わせて……八橋くんの身体にも、私を深く染みこませたいの……」

我ながら卑猥なことを言っている。常人の発する言葉ではないであろう。

しかし、一葉はもはや止まれない。本能が理性や羞恥などを押しのけて、どこまでも貪欲に悠馬との戯れを求めてしまう。

(好きだよ、八橋くん。八橋くんが喜んでくれるなら、いつまでだってしゃぶっちゃう。何時間だって、一日中だって構わない……)

一葉は自分が淫乱であると自覚している。ただでさえ卑猥な女が、身を焦がすほどに愛しい男と行為に及べば、狂ってしまうのは必然だ。顎の疲れや痛みなどはどうでもいい。向けられる牡としての獣欲のみが、一葉のすべてなのだ。

（ああ……八橋くんの精液が漏れちゃう……ダメ、ずっと中にいてぇ……）

突き出した尻の下からとろりと白濁液が垂れていた。悠馬が注いでくれた以上、一滴たりとて失いたくはない。

指を忍ばせ、恥丘を舐めるように伝う牡液をすくい取る。集めた精液を再び媚膜へと押し戻した。そのままグチュグチュとこねまわしてしまう。

「んっ……んぐぅっ。はあ、ぁ……気持ちいい……っ。八橋くんの精液がいっぱいひろがってぇ……はあ、ぁっ」

果てたばかりの牝膜は、獣液に歓喜して忙しなく収縮する。淫らな本能はさらに火を噴いてしまい、口淫も手淫も熱烈さを増していた。

（あぁっ、ダメ……っ。さっき中イキしたばかりなのに、また……っ）

まるい桃尻がビクビクと戦慄いた。かきまわす指をトロトロの媚肉が食いしめる。耐えることなど不可能だった。

「んっ、んんっ……イくっ、ん、ぐぅぅ！」

勃起を力いっぱい唇で挟んで強く吸う。汗まみれの白い身体がガクガクと跳ねあがった。締まる膣膜からプチュチュと卑しい粘着音が響いてくる。

（イッちゃった……八橋くんの精液でイっちゃった……）

己の肉体の浅ましさに、一葉は気が遠くなりそうだ。

発情の吐息とともに肉棒を口からこぼす。いきり立った剛直がビンと跳ねあがって、一葉の頰をたたいた。

「ああ……先生、いやらしすぎます。エッチすぎますよ……」

悠馬の言葉は興奮に震えていた。眼前の勃起は猛《たけ》り狂ったかのように、根元から大きな振れ幅で脈動を繰り返している。

「八橋くん、ごめんね……私だけまたイッちゃって……」

ふらつく身体をなんとか起こして、這いずるように悠馬に覆いかぶさる。

「今度は……八橋くんがイク番だよ。また……私の中で思いっきり……」

ドロドロになった股間を揺らして、肉槍の先端を淫裂にあてがう。一気に臀部を振り落とした。

「んあ、あああぁ！」

脳天を貫く破滅的な快楽に、目の前が真っ白になる。

意識がふわふわとしてしまい、喜悦だけが脳内に残った。

（入れただけでイッた……あっ……もう私、なにしてもイッちゃう。身体も頭も狂いきっちゃってる……っ）

完全な卑猥な牝へとなりはてた事実に、骨の髄から痺れが生まれた。

もっとも、それは恐怖や絶望などではない。愛しい少年に本性をさらけ出せたことへの随喜の衝撃だった。

たくましい剛直が子宮を強く押しあげる。

それだけで圧倒的な愉悦と、途方もないほどの多幸感が生まれていた。

（ああっ……ダメぇ……もう、戻れなくなっちゃうぅ……）

今まで何人かの男と身体を重ねてきた。最悪なことに、飯島とは主従関係まで結んでしまった。

だが、それらの記憶を瞬時に霧散させるほどに、悠馬との睦《むつ》ごとはあまりにも甘美だ。ずっと頭の中が白い靄に包まれている感覚だ。

「うあ、ぁ……先生の中、めちゃくちゃうねってる……っ」

悠馬が歯を食いしばりながら呻いていた。

自分の膣膜で牡悦を感じてくれていることが、嬉しくて仕方がない。

「はぁ、ぁ……私も……入れてるだけでたまらないの……あ、ああっ」

勃起が脈動するだけで、背すじに甘く鋭い電流が駆け抜ける。膣膜が押しひろげられて、パンパンに張りつめているだけに、生まれる愉悦は強烈だった。

(動かなきゃ……八橋くんに、私をいっぱい感じてもらわなきゃ……っ)

汗に濡れる下腹部をゆっくりと振りあげる。

雁首《かりくび》が陰唇から抜けた感覚のあと、勢いよく打ち下ろした。

「うがっ。せ、先生……あ、ああっ」

「はぁ、ぁんっ。あ、ああっ……すごいっ……すごいよぉ！」

そのまま何度も股間をぶつけた。濡れた肉同士の打擲音《ちょうちゃくおん》と、卑猥な牝の叫びが室内に響きわたる。

(気持ちいいっ、気持ちいいのっ。こんなの無理っ。腰が止められない！)

上下に動くだけでなく、膣奥を押しつけながら前後左右に揺れつづける。漏れ出る愛液の量はおびただしく、グッチュグッチュと淫猥な音色を響かせながら、白濁と化すほどに攪拌されていた。

「おっぱいが……ああっ、すごい揺れてて、見てるだけでたまんないですっ」

暴れ弾む巨乳を悠馬が両手でつかんできた。そのまま荒々しく揉んでくる。

「ああっ、いいんだよっ。おっぱいも……おまんこも、もう全部八橋くんのものなんだから……うあ、ああんっ」

濡れた乳肌を少年が弄るたびに、女の悦びが炸裂する。無駄な大きさだと思っていた豊乳だが、悠馬が喜んでくれるなら巨乳でよかったと心から思う。

乳肉を揉みしだきつつ、同時に乳頭をも弾かれた。淫悦に掻痒感《そうようかん》が加わって、たまらず上体が反り返る。

「はぁ、ぁんっ。気持ちいいっ、気持ちよすぎるのっ。もっとぎゅうってしてっ。乳首、いっぱい摘まんでっ。グリグリ捻ってぇ！」

悠馬の手をつかんで乳房に沈ませる。乳肉は自分でも驚くほどに熱くふわふわとしていた。

「こ、こうですかっ」

悠馬が言われるままに力いっぱい乳首を摘まむ。左右に捻っては押しこんで、さらには表皮を爪先で引っかいてきた。

(八橋くん、教えたこと全部自分のものにしてるっ。ああっ、ダメっ。また……またイッちゃうっ)

性技ののみこみの速さに驚きつつ、腰から全身にかけてが痙攣しはじめる。唇を閉じることもままならず、口端から涎をこぼして牝鳴きする。狂ったように下腹部を激しくくねらせた。

「あっ、ぐぅんっ……あ、あぁっ。イッちゃうッ、またイク!」

ドクンと、今日何度目かわからない喜悦の爆発に身体が震える。汗の雫が無数に噴き出て、全身を滝のように滴った。

「はぁ、ぁ……先生っ、エロすぎますよっ。そんなに何度もイカれたら、僕だって……っ」

悠馬が腰をがっしりとつかんできた。

刹那、強烈な突きあげが襲ってくる。一瞬、意識を失いかけた。

「ひぎぃっ。あ、ああっ、待ってっ。ダメっ、今はダメぇっ。イッてるのっ、イキつづけてるの！」

喘ぎというよりは悲鳴になっていた。白肌を痙攣させながら、一葉は必死で叫びをあげる。

しかし、悠馬は止まらない。鋼のような楔《くさび》を休むことなく打ちこんでくる。膣と子宮とを支配しようとする牡の獰猛さになす術《すべ》などない。

（八橋くんが求めてる……私を女として……自分の女だって証《あかし》を刻みこもうとしている……そんなの幸せすぎる……っ）

体内で吹き荒れる快楽の暴風に、一葉は必死で悠馬にしがみつく。両手を恋人つなぎにして、折れそうなくらいに強く指を絡めた。

「ああっ、あああんっ。ダメぇっ、気持ちよすぎるのっ。幸せすぎるのっ。私、もう戻れなくなるっ、おかしいままになっちゃう！」

すでに思考も肉体も正常さなど失っている。そんな中でたたきつけられる獣欲が、もっと狂え、もっと牝になれと強制していた。もはや、一葉に抗えるはずがない。

「エッチな先生も好きなんですっ。僕は変態だから、乱れに乱れた先生が見たいっ。先生が叫ぶ姿も、おっぱいを震わせて腰を振る姿も、汗も涎も垂らしている姿も、全部が大好きなんですっ」

悠馬がはっきりと言う。首すじまで真っ赤に染めて、激しい息継ぎを繰り返していた。噴き出した汗を拭うこともせずに、欲望をどこまでも猛らせている。

「ああ、ああっ……八橋くんっ」

(下品で淫乱でも愛してくれる……むしろ、それを望んでくれている。こんな私を本気で求めて……)

狂悦の中で確信した愛に、一葉の心身のすべてが震えた。

(もうどうなってもいいっ。八橋くんが望むなら、どこまでも淫乱に……セックス狂いの卑猥な女に私はなる……!)

悠馬の言葉にコクコクと頷いて、すぐに頭を激しく振る。途方もない激悦が一葉の身体を襲ってきた。

「もう無理っ、無理っ。すごいの来ちゃうっ。壊れるのっ、私、本当に壊れちゃう!」

「僕もう……っ。一緒に壊れましょう。ふたりでとことん狂えばいいんです……！」

　悠馬の突きあげが強烈なものになる。淫蜜をかき出し、媚膜をめくりあげては子宮口を押しつぶす。

　一葉も無意識に呼応していた。自ら膣奥を押しつけて、子宮が破れんばかりに全力で振りたてる。

　破滅的な淫悦が目の前に迫る。

「また出る……っ、うぅ、っ……ああ！」

　瞬間、殴打される勢いで膣奥に灼熱の飛沫が湧きあがった。

「ひっ、いい、い！　――っ、――！」

　もはや叫びすらあげられない。見開いた瞳には強烈な光が明滅し、やがては真っ白に覆われる。

（もうダメ……なにも考えられない……頭の中、爆発しちゃってる……）

　白肌はさらに汗を噴き出し、ひきつけを起こしたように戦慄いている。汗と涎の水滴が悠馬の胸や腹部に散っていた。

「あ、あくっ……かはっ、あぁ……はぁ、っ」

凶悪な悦楽がようやく通りすぎ、力つきた一葉は悠馬の身体へと崩れ落ちた。液まみれの互いの肌がベチャっと水鳴りを響かせる。

「先生……はぁ、ぁ……また中に……」

激しく呼吸しつつ、たどたどしい口調で悠馬が呟く。熱い背中に重ねられる手のひらの感覚が、たまらないほどに愛おしい。

「いっぱい……出してくれたね……あぁ……くぅ、っ……」

恍惚のため息の中に、蕩けきった呻きが交じる。

膣膜が絶頂の余韻に収縮し、肉棒を甘く締めていた。それだけで総身が悶えてしまう。

(私のために東京から飛んできてくれた……私をこんなにも激しく愛してくれた……私にはもったいないくらいの幸せを……この子は……)

頰を寄せた胸板を無意識に舐めていた。塩気の中に甘さを感じて、情欲を刺激する。

「あぁ……先生……」

呟きに含まれた求めを悟って、一葉はゆっくりと顔を寄せる。

純粋な瞳が見つめていた。どこまでも一葉を求める輝きが、女の芯にじゅんと染みわたる。

「好きよ、八橋くん……もう私、あなたから離れないから……」

吐息で口もとを撫でてから、唇を塞いでしまう。

緩やかで濃密に舌を絡めて、互いの存在を確かめあった。舌と肌と膣膜と、すべてを使って悠馬を感じる。

「ん、んんっ……はぁ、ぁ……まだ硬いまんまなんだね。すごいなぁ……あ、ぁ……っ」

圧迫される媚肉から愉悦が甘やかにひろがっていく。

自然と腰が揺れてしまった。体液にまみれた結合部から卑猥きわまる蜜鳴りがかすかに立って、やがてボリュームを上げてしまう。

（たまらないの……腰が勝手に動いて……あぁ、止めれない……）

悠馬の奥にまで舌を挿しこみ、唾液を注いで攪拌する。子宮口をグリグリと押しつけて、互いの淫液を混ぜあわせた。

（ごめんね、八橋くん……私、まだまだ足りないみたい。心も身体も、もっとあなたで狂いたいの……)

処女のような純粋な恋情と、肉欲に狂う淫女の本能とが燃えさかる。

満ちる愛欲が許容を超えて、涙となって頰を濡らす。

至上の幸福に浸った一葉には、それに気づく余裕はもはやなかった。

エピローグ

朝の白い光に悠馬はゆっくりと瞼を開いた。

あれだけ降りしきっていた雪はやみ、窓の外は晴天がひろがっているようだ。

(先生、まだ寝てるのか……)

悠馬の真横で一葉は安らかな寝息を立てていた。まるで抱きつくようにぴったりと身体を寄せている。

(本当に先生と……特別な関係になれた……んだよな?)

朝方まで激しく求めあい、互いに何度も愛を口にした。手のひらや唇、身体や下半身は一葉の熱をしっかりと覚えている。

しかし、いまだに悠馬には信じられない。

(まさか、全部僕の妄想で、本当の僕は病室で目を覚ましていない病人とかなんじゃ……）

そんな突飛もない考えすら、ありうると思ってしまう。

急に怖くなった。

「先生……」

一葉を起こさぬよう慎重に、しかし、しっかりと抱きしめる。甘い芳香と柔らかい温もりは間違いのないものだ。

（嘘じゃない……夢なんかじゃない……先生は確かにここにいる。僕の女の人になってくれたんだ……っ）

強烈な愛しさと枯渇感とが押し寄せて、たまらず強く抱きしめた。

着崩れた浴衣からこぼれ落ちそうになっている乳房に顔を埋めてしまう。すると、悠馬の頭部に優しい感触が訪れた。ハッとして目線だけを上へと向ける。

「ふふっ、朝から甘えん坊なんだから」

慈愛を湛えた一葉の微笑みがあった。起きたてゆえに口調はゆっくりとしているが、それがかえって蠱惑的だ。

「すみません。起こしちゃいましたね……」

急に恥ずかしくなって、悠馬は身体を離そうとした。

が、すぐに抱きすくめられ、一葉自ら乳丘に顔を埋めさせる。

「よかった……夢じゃないんだね……」

彼女はそう言うと、安堵の吐息を静かに漏らす。抱きしめてくる腕に力がこめられた。

(先生も同じだったのか……)

自分と同じ不安を抱いていたことが、どういうわけか嬉しかった。

悠馬も一葉を強く抱きしめる。この温もりと心地よい密着が、嘘ではないと伝えたかった。

そのまましばらく抱きしめあう。互いにひとことも喋《しゃべ》らなかった。雪道を踏みしめる車の音と、一葉の鼓動に穏やかな呼吸のみが悠馬の耳を打つ。

「先生、あの……」

悠馬が一葉に話しかけるも、彼女は人さし指を唇に押しあててくる。少しだけ困ったような顔をしていた。

「もう。違うでしょ……今朝方、エッチし終わったあとに約束したじゃない」

そう言われて思い出す。

(恥ずかしいけど……約束したことだし。それに僕だって本当は……)

優しい微笑みはなにかを期待していた。一葉が望んだことならば、それにしっかりと応えねばならない。

悠馬は静かに息を吸いこんだ。肺の中を一葉の香りで満たしつつ、そっと呟く。

「その……一葉……さん……」

さすがに呼び捨てにするだけの勇気はなかった。

妙な気恥ずかしさがこみあげる。同時に、得も言えぬ幸福感が押し寄せた。

そんな悠馬に、一葉は大輪の花のごとく相好を崩した。明るく一片の曇りもない笑顔は、女が恋人にだけ向けるものである。

「ふふっ……」

満足そうに静かに笑うと、そっと悠馬の頬に手を重ねてた。潤んだ瞳が美しく輝いている。白雪の中で密《ひそ》やかに咲く花のようだ。

見惚れている間に唇が重ねられる。柔らかくて瑞々しい弾力の中に、すべてを安心させてくれる温かさがあった。

「好きよ、悠馬……」

もう二度と離れない。ずっと一緒にいる。

キスまじりの囁きが、悠馬にそう告げていた。

※この作品は「紅文庫」のために書下ろされました。

紅文庫

女性教師《じょせいきょうし》と生徒《せいと》 淫花《いんか》繚乱《りょうらん》

羽後《うご》 旭《あきら》

2022年 3月 15日　第 1 刷発行

企画／松村由貴（大航海）
DTP／遠藤智子

編集人／田村耕士
発行人／日下部一成
発売元／株式会社ジーウォーク
〒 153-0051 東京都目黒区上目黒 1-16-8 Yファームビル 6 F
電話 03-6452-3118
FAX 03-6452-3110

印刷製本／中央精版印刷株式会社

ISBN978-4-86717-287-2

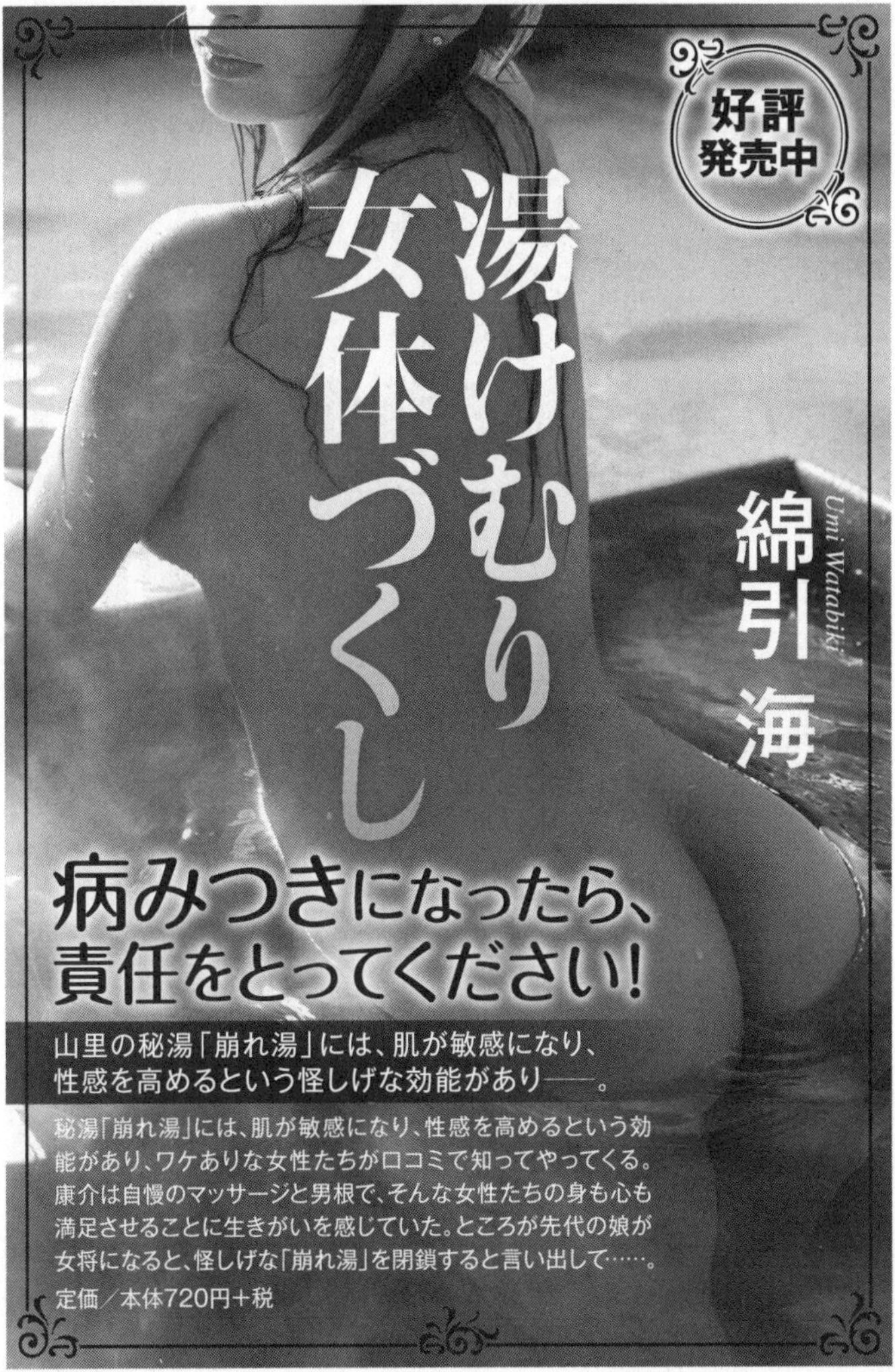
好評
発売中
湯けむり女体づくし
綿引海
Umi Watabiki
病みつきになったら、
責任をとってください！
山里の秘湯「崩れ湯」には、肌が敏感になり、
性感を高めるという怪しげな効能があり──。
秘湯「崩れ湯」には、肌が敏感になり、性感を高めるという効能があり、ワケありな女性たちが口コミで知ってやってくる。康介は自慢のマッサージと男根で、そんな女性たちの身も心も満足させることに生きがいを感じていた。ところが先代の娘が女将になると、怪しげな「崩れ湯」を閉鎖すると言い出して……。
定価／本体720円＋税